오늘 밤 남의 차를 몹니다

본 책에 등장하는 인물, 차종, 사건은 일부 각색되었음을 알립니다.

오늘 밤 남의 차를 몹니다

대리 기사가 된 기자

이재현 지음

PART 1
타인의 차

중립으로 박아주세요

비탈길의 소나타

중고차 오디세이

심야의 국토 횡단

사랑과 전쟁

초심의 덫

퇴장하는 중입니다

코리안 클래식

망나니 공화국

PART 2
콜 미 바이 유어 머니

기사가 기사를 만났을 때

사랑하기 좋은 계절, 미워하기 좋은 날

제네시스 가라사대

우리집을 부탁해

이 밤의 끝을 잡고

가화만사성

학벌 유감

전기차 너마저

귀신이 산다

프롤로그

동창에게서 오랜만에 연락이 왔다. 지방 근무 때문에 몇 년 동안 얼굴을 보지 못한 친구였다. 쌓인 사연이 많았는지 한참을 떠들다가 별안간 동생 이야기를 시작했다. 우리가 고등학생 때 초등학교에 다녔던, 나이 차이가 제법 나는 형제였다. 친구는 벌써 서른 줄에 접어든 동생이 요즘 가장 큰 골칫거리라고 말했다. 얌전히 다니던 회사를 박차고 나오더니 밤마다 대리운전을 한다고. 그동안 공부는 그저 그랬어도 말썽만큼은 부리지 않았던 애가 이제 와 스스로 팔자를 뒤틀고 있어서 머리가 지끈지끈하다고 했다. 'K-장남'의 신들린 책임감과 우애 앞에서 조용히 고개만 끄덕였다. 퇴사 후 다른 업계로 취업할 계획이라고만 흐리터분하게 말하고, 나도 사실 대리 기사라는 이야기는 끝끝내 하지 않았다.

　　20대에 대리운전을 했다면 이 일을 훨씬 긍정적으로 받아들였을 것이다. 젊음은 내일부터 잘하자는 낙관 섞인 결의와 이것도 다 경험이라는 무책임한 자기 합리화가 허용되는 시절이니까. 그러나 궁지에 내몰려 대리운전이라도 시작한 나의 나이는 이미 30대 중후반에 접어든 상태였다. 더는 처지를 미화할 수 없었다. 나는 좋은 놈, 나쁜 놈, 이상한 놈을 무작위로 만나야 하는 불확실성에 던져진 일개 일용직 노동자였다.

물론 대리운전업에 종사하는 사람들을 폄훼할 의도는 조금도 없다. 오히려 생을 영위하기 위해 궂은 일을 마다치 않는 열의와 인내, 직업윤리를 존경한다. 나처럼 요령 없이 덤벼드는 헐렁이 기사와 달리 철두철미한 영업 계획에 따라 움직여 월 5백만원을 우습게 버는 사람도 많다. 또한 대리운전은 생각보다 역사가 깊은 서비스업이다. 1970년대 일본에서 시작되어 국내에 도입된 지도 약 30여 년이 흘렀다. 수도권에 인구가 쏠리고, 음주 운전 처벌 규정이 강화되는 시기와 맞물려 한국 사회에서도 서서히 자리를 잡았다. 업계의 성장을 가장 가까이서 목도해가며 10년 넘게 일하고 있는 기사도 쉽게 찾아볼 수 있다. 그들이 쌓아온 고로에 비하면 나의 이야기는 같잖은 체험기 혹은

복에 겨운 푸념에 머무를 수도 있다.

　　하지만 세상엔 삐뚤어진 놈의 눈에만 들어오는 것들이 있지 않은가. 대리운전을 통해 여러 계층의 사람들을 접하고, 다양한 지역을 돌아다니면서 매일 밤 시대를 표현한 추상화를 들여다보는 것 같았다. 인간과 가장 가까운 기계인 자동차를 대하는 각각의 관점, 사랑과 분쟁의 빌미가 되기도 하는 음주에 관한 이해, 그리고 타인의 삶을 대하는 손님들의 간솔한 태도가 귀갓길에서 스르르 펼쳐졌다.

　　처음부터 책을 쓰려고 한 건 아니었다. 저승 캠프라도 다녀온 듯 다난한 일과를 보내고 나면 파쇄된 종이 쪼가리처럼 하찮아진 자신에게 심심한 위로를 전할 심상으로 그날의 주행을 기록했다. 기분 좋은 일이든, 불쾌한 일이든 백지 위에 주책없는 언어를 써 내려가는 동안 나는 조금이나마 건조해질 수 있었다. 하나둘 축적한 기록을 한 권의 책으로 엮는 과정은 찌질이로 스스로를 매도한 나와의 화해이자 무의미한 시간으로 치부했던 기자 시절의 복권이었다. 동생을 걱정하던 오랜 친구와 냉혹한 직장의 세계 속에서 자기 파괴 욕구에 휩싸인 모두에게 이 책을 조용히 선물하고 싶다.

2022년 6월

이재현

PART 1

타인의 차

CHAPTER 1

중립으로 박아주세요

아우디 A8

"진상 손님 없어?"

"팁 얼마까지 받아 봤어?"

느닷없이 대리 기사가 된 장황한 사연을 듣고 나
면 어김없이 나오는 질문이다. 궁금할 법도 하다. 오늘
처음 만난 취객을 집까지 모셔드리는 사람이라곤 이 나
라에 경찰과 대리 기사밖에 없을 테니까. 게다가 대리운
전을 통한 귀가는 술자리라는 험난한 여정의 마지막 단
계 아닌가. 대뜸 비닐봉지에서 꺼낸 꽈배기를 들이밀며
입을 벌려보라는 손님, 소변이 급하니 빨리 갓길에 차를
대보라는 손님. 1평 남짓한 자동차 내부에선 두서없는
에피소드가 쉴 새 없이 생기기 마련이다.

경력이 점점 쌓이면서 터득한 바가 있다. 손님이
오르는 좌석에 따라 예기치 못할 상황의 발생 여부를 어
느 정도 예측하게 됐다. 뒷좌석에 앉는 사람은 대부분 별
다른 말을 하지 않는다. 조용히 이동하거나 편하게 잠을
자겠다는 암묵적인 신호다. 반면 동승석에 착석한다면
대화를 건네거나 모종의 행동을 할 확률이 조금 상승한

다. 대리 기사에 따라 다르겠지만, 나는 손님이 이야기를 꺼내는 것을 그다지 반기지 않는다. 내비게이션을 보며 달려야 하는 낯선 길이 대부분인 데다가 시야가 극도로 좁아지는 야간 주행이 대리 기사의 일상이다. 대화에 정신이 팔리는 동안 자연스레 집중력이 떨어지기 마련이다. 무엇보다 대리운전은 타인의 자동차를 몰아야 하는 일이다. 고객 입장에선 부동산 다음으로(어쩌면 첫 번째로) 덩어리가 큰 몇천만원짜리 재산을 초면인 사람에게 전적으로 맡긴 셈이다. 쓸데없는 '선비 정신'일지 몰라도 운전에만 집중하는 것이 차주를 존중하는 태도라고 여긴다.

문제의 손님을 만난 날은 하필 비가 내려 기온이 뚝 떨어져 있었다. 코끝이 시큰할 정도로 음산한 날씨는 둘째 치고 엉망이 되었을 도로 사정 때문에 걱정하던 참이었다. 높은 가격을 보고 반사적으로 잡은 콜의 출발지는 한남동의 한 식당이었다. 여유가 있는 사람들의 모임 장소로 인기가 많은지 갈 때마다 대형 세단이 기다리던 고급 한정식집이다. 그날도 비슷했다. 좁은 주차장에 늘어선 시커먼 고급 승용차, 출차 준비를 하는 서넛의 발레 파킹 요원, 매칭된 손님을 찾아 헤매는 네다섯의 대리 기사. 나는 어느새 복작대는 식당 앞에서 "세곡동, 세곡동이요!"를 정신없이 외치고 있었다.

　　나와 동행할 손님은 아우디 A8을 가리키며 키를 건네곤 앞좌석에 올랐다. 이상한 일이었다. 대형 세단을 타는 사람들은 대개 가장 편한 자리인 뒷자리에 착석한다. 말을 거는 경우도 일절 없다. 그런데 옆에 앉은 '세곡동 사장님'은 첫 번째 적신호가 등장한 한남오거리에서부터 입을 열기 시작했다.

　　"중립 안 해요?"
　　"예?"
　　"빨간불인데 기어 중립에 안 놓냐고."

　　그는 답답하다는 표정으로 반복해 말했다. 잠깐의 침묵이 지나고 나서야 무슨 말인지 이해가 됐다. 왜 기어를 바꾸면 안 되는지 요목조목 설명하고 싶었지만,

'젊은 놈'이 가르치려 드는 모습을 만들고 싶지 않았다. 그의 어조에서 대리기사의 말을 경청하려는 태도 역시 기대하기 어려웠다. 즉시 "죄송합니다"라는 말로 반문을 대신하며 D에 놓여있던 기어 레버를 한 칸 올렸다. 손님은 이후 자택에 도착할 때까지 내 오른팔에 시선을 고정한 채 '운전학개론'을 펼쳤다. 끊임없이 이야기를 던지는 데 그치지 않고 자신의 운전법을 강요했다. 목적지까지 향하는 길에 번거로운 절차가 하나 늘었지만, 별다른 도리가 없었다. 신호와 정체로 인해 정차할 때마다 기어 레버를 움직였다. 운전에 관한 그의 지도편달 내용은 잘 기억나지 않는다. 신호 대기 중엔 기어를 중립으로 두라고 말하는 순간부터 남자의 이야기는 공감 가지 않았다.

운전 경력이 오랜 사람 중에서 이런 방법을 고수하는 경우가 많다. 심지어 내리막길마다 중립으로 바꾸고는 썰매 타듯 미끄러져 내려가는 사람까지 본 적이 있다. 정차 시 반드시 중립으로 두어야 하는 수동 기어 자동차로 운전을 배운 데다가 연비를 사수하는 가장 확실한 효과라는 신념이 아직 남아있는 탓이다. 기대와는 달리 이러한 운전법이 연료 소모 향상에 기여하는 효과는 사실상 무의미하다. 톱니가 맞물리며 작동하는 트랜스미션의 구조상 잦은 변속은 부담을 안겨 수명을 단축시킬 뿐이다. 더구나 최근 자동차에 장착되는 자동변속기는 브레이크를 밟아 차량을 멈추면 컴퓨터가 개입해 중립으로 변속했을 때와 비슷한 효과를 낸다. 굳이 변속기를 조작하지 않아도 엔진을 제어해 차량 떨림을 줄인다. 적신호를 만날 때마다 애써 기어 레버를 움직일 필요가 없다. 불필요한 변속기 조작을 말리고 싶은 또 다른 이유는 안전이다. 위급한 상황이 벌어져 조금이라도 빨리 현장을 벗어나야 하는 상황에서 기어가 중립에 놓여 있다면, 허둥지둥하다가 도리어 제자리에 갇혀버릴 수 있다. 불과 몇 초 차이로 불의의 사고에 휘말릴지도 모를 일이다.

세곡동에서 주차까지 마무리하자 몇 해 전 만난 지인이 떠올랐다. 운전면허를 취득하자마자 중고차를 구입해 도로로 나선 사람이었다. 도로 주행을 가르쳐 달라는 부탁을 받아 한나절을 함께 했는데, 빨간불을 볼 때마다 반사적으로 변속기를 조작하고 있었다. 그럴 필요 없다고 말했지만, 그는 자동차 기자 맞냐는 눈초리로 쳐다보며 대답했다.

"안 그러면 감점이던데요?"

내가 운전면허를 딴 15년 전과 동일한 시스템이 적용되고 있었다. 2종 보통 면허 시험을 볼 때 10초 이상 정차 시 기어를 중립으로 두지 않으면 5점을 감점한다는 규칙이었다. 수험생은 시험에 합격한 후에도 도로에서 같은 방법으로 운전한다. 그래야 한다고 배웠으니까. 황당하게도 이는 올바른 운전법을 교육하기 위해 만든 규칙이 아니다. 실수로 인한 급정거와 신호를 정확하게 인지하고 멈췄다는 의도를 낮은 채점기기가 구분하지 못해 존재하는 규정이다. 구태는 예비 드라이버를 오도하고 있었고, 실전에선 다르다고 이야기해줄 교육자도 없었다. 자동차처럼 값비싼 소유물을 혹사시키고, 스스로를 위험에 노출시키는 습관은 어이없게도 운전면허 시험 때문에 전파되고 있었다.

추운 날씨 탓에 모두 서둘러 귀가했는지 집 방향으로 가는 '따닥 퇴근콜'은 끝내 잡지 못했다. 연말이 연말 같지 않은 12월이었다. 대중 교통은 이미 끊어진 심야. 어쩔 수 없이 택시를 잡아 집으로 향했다. 남부순환도로의 무수한 신호를 거치는 동안 택시 기사는 쉴 새 없이 기어 레버를 중립으로 움직이고 있었다.

CHAPTER 2

비탈길의 쏘나타

현대 쏘나타

대리 운전을 시작하면서 몇 가지 규칙을 세웠다. 근무 시간과 이동 반경처럼 수익 창출과 관련된 문제가 대부분이었지만, 태도에 관한 수칙도 꼭 마련하고 싶었다. 물론 대리 운전은 단골이 생길 수 없다. 일회성 계약으로 끝나는 대행 서비스일 뿐이다. 플랫폼을 제공하는 회사에서도 가이드 라인을 만들어 두고 권장하는 정도에 그친다. 하지만 적어도 편견이 적중하는 모습으로 일하긴 싫었다. 음식 배달 기사, 택시, 발레 파킹, 그리고 레커차. 이 나라에선 항공기 파일럿을 제외하면 운전대 잡고 돈 버는 사람들에 대한 부정적인 선입견이 분명 존재하지 않는가.

스스로 마련한 원칙은 대부분 내가 이용자였을 때의 경험을 반추해 나온 결과였다. 아무리 길어도 1시간 이하의 짧은 주행이지만, 지금도 기억에 또렷하게 남을 만큼 끔찍한 기사가 많았다. 도착지에서 바로 콜을 연결하려고 운전 중 계속 스마트폰을 조작하는 사람을 본 적이 있다. 팁을 달라는 뉘앙스를 내비치는 기사도 있었다. 그는 출발하자마자 이렇게 말했다.

"오늘 딸아이 생일인데, 케이크 하나 못 해줬네요."

그들은 첫인상부터 싸늘했다. 한 명은 후줄근한 모자를 푹 눌러쓰고 있었고, 다른 한 명은 스포츠 샌들을 신고 있었다. 서비스 노동자의 복장 예절을 지적질 하는 게 아니다. 눈에 거슬린다고 이의를 제기할 수도 없다. 대리 기사는 엄연히 자영업자인 동시에 프리랜서니까. 그러나 마스크를 낀 데다 모자까지 착용한 대리기사와 동행하는 내내 기분이 썩 유쾌하진 않았다. 샌들을 신은 기사의 문제는 더 심각했다. 페달과 바닥 사이에 신발이 끼어 들어가면 끔찍한 상황이 얼마든 벌어질 수 있다. 아니나다를까 그 기사는 과속과 급정거를 반복하다가 몇 번이나 사고를 낼 뻔했다.

좋지 않은 기억으로 남은 기사들의 공통점은 하나 더 있었다. 콜이 잡히자 마자 전화를 해서 위치를 묻고는 도착하는 데 걸릴 시간을 알려왔다. 장난 콜을 걸러 내기 위해, 다른 회사를 통한 이중 접수를 막기 위해 사전에 연락을 한다고 하지만, 도망가지 말고 기다리라는 듯한 고압적인 화법까지 더해지는 경우가 종종 있었다. 대리기사가 아닌 빚쟁이가 찾아오는 기분. 역시 그다지 즐거운 경험은 아니었다.

일을 시작한 지 3개월 가량 지난 시점이었다. 남의 차를 몰아주는 일이 점점 익숙해질 즈음이었다. 늘어지는 마음을 부여잡으려 쌀쌀한 날씨에도 불구하고 팡 파짐한 파카 대신 코트를 걸친 채 지하철 역으로 향했다. 8시쯤 번화가에 도착하면 동선이 '예쁘게' 나오는 콜을 잡을 확률이 상승한다. 연남동에서 강남, 한남동에서 종로 등 1차를 마치고 2차를 위해 이동하는 손님이 제법 많은 시간이다. 어디서 '개시'를 할지 고민하다가 강남으로 결정했다. 지하철 안에서 오늘은 콜이 얼마나 되는지 살피려 앱을 열자 곧바로 띵동 소리를 울리며 한 건이 업데이트 됐다. 봉천동에서 양재로 가는 손님이었다. 이런 운수 좋은 날이 있나. 지하철은 마침 봉천역에 진입하고 있었고, 만8천원이 제 발로 굴러 들어오고 있었다.

흥얼거리며 계단을 오르는 동안 전화가 울렸다.

콜을 잡은 지 30초도 지나지 않은 때였다. 손님이 먼저 전화하는 경우는 드물어서 슬쩍 불길했다.

"언제 와요?"

"안녕하세요. 약 10분 후에 도착합니다."

"대로에서 약국 끼고 왼쪽 골목으로 들어와서 한참 올라오세요. 언덕배기에 있어요."

아차 싶었다. 대리 기사용 지도엔 등고선이 없었다. 어차피 가는 길인 데다 고객과의 거리가 가깝다고 표시되어 반색하며 잡았지만, 눈 앞에 펼쳐진 언덕을 바라보자 심리적 거리가 몇 키로미터로 늘었다. 조상들은 참 솔직하다. 지대가 얼마나 높았으면 지명을 봉천(奉天)이라고 지었을까. 헥헥거리며 오르막길을 오르는 동안 손님은 한 번 더 전화해 채근했다. 코트에 로퍼를 신고 출근한 나를 처음으로 원망했다.

성격 급한 손님은 40대 후반으로 보였다. 그는 아주 오래된 쏘나타의 동승석에 앉아 기다리고 있었다. 운전석에 올라 숨 고르는 시간 마저도 못마땅한 눈치였다. 오는 길은 험난했지만, 그래도 첫 손님이라 무탈하게 운행이 종료되길 기대했다. 평소처럼 기어를 D로 옮기고 주차 브레이크로 손을 옮기려던 참이었다. 손님은 황당하다는 듯 말했다.

"사이드 풀어야지! 사이드!"
"예, 지금 그러려고 했는데…"

다시 한번 아차 싶었다. 손님은 경사로에서 주차하는 방법에 대해 잘못 알고 있는 사람인 듯했다. 이미 짜증이 차오른 손님은 빨리 출발하라며 다시금 다그쳤다. 잘못된 방법으로 경사로 주차를 하는 모습을 흔하게 봐온 탓인지 그다지 놀랄 일도 아니었다. 경력과 무관한 문제다. 초보자와 숙련자 구분없이 다수의 운전자가 저지르고 있는 실수니까.

비탈길에선 차체의 무게가 한쪽으로 쏠린다. 주차 브레이크 체결 없이 차를 세우면 하중에 따라 바퀴가 밀리고, 변속기 내에서 서로 맞물린 톱니에 무게 부담을 전가한다. 변속기에 큰 무리가 갈 수밖에 없다. 언덕길에 주차해둔 차를 움직이려 할 때 '쿵' 소리와 함께 충격이 발생하는 이유도 이때문이다. 무게를 지탱하며 팽팽하게 결속된 금속 부품이 분리되며 울리는 고통의 시그널이다.

내가 만난 손님의 자동차처럼 손으로 레버를 당기거나 왼발로 힘껏 페달을 밟아야 하는 와이어 방식의 경우 더욱 유의해야 한다. 먼저 오른발로 풋브레이크 페달을 밟은 상태에서 주차 브레이크를 채운다. 기어 레버를 P로 옮기는 과정은 그 이후다. 차체가 움직이지 않도록 먼저 바퀴를 단단히 고정한 덕에 변속기에 전해지는 부담이 최소화된다. 브레이크 페달에서 발을 떼는 것은 가장 마지막 단계다. 가장 이상적인 순서는 기어를 N에 둔 후 이 과정을 시작하는 것이지만, 절차만 복잡해질 뿐 큰 차이는 없다고 생각한다.

출발할 때는 순서를 뒤집으면 그만이다. 브레이크 페달을 밟은 채 기어를 주행 모드로 바꾸고, 주차 브레이크를 해제한 후 유유히 경사로를 빠져나가면 된다. 이 순서를 따르면 불쾌한 소리와 울컥거리는 현상을 방지하고, 변속기의 기대 수명 역시 훌쩍 늘어난다. 전자식 파킹 브레이크에 경사로 밀림 방지 기능까지 갖춘 요즘 고급 차라면 애써 지키지 않아도 되는 메뉴얼이지만, 와이어 방식이 적용된 모델의 차주라면 꼭 지켜야 하는 수칙이다. 고장 나는 순간 수리비가 '몇백'에서 출발하는 변속기를 보호하려면 마다할 이유가 없는 습관이다.

비탈길에서 내려온 쏘나타는 예상대로 정상이 아니었다. 특히 변속기는 연식을 고려한다고 해도 골병이 날 대로 난 상태였다. 목적지에 다다르자 손님은 전방을 가리키며 길 한 쪽에 주차하라고 말했다. 또 경사로였다. 나는 군말 없이 그가 옳다고 생각하는 방식대로 차를 댔다. 차에서 내리는 순간까지 힐난을 듣고 싶진 않았다. 2차를 향한 이동이었는지 귀갓길이었는지는 잘 모르겠지만, 그는 다시 '쿵'하는 소리와 함께 노년의 쏘나타를 괴롭혔을 것이다.

CHAPTER 3

중고차 오디세이

기아 K5

내가 사용 중인 대리 운전 플랫폼엔 '아이템' 시스템이 있다. 피크 시간대에 출근해 일하면 단독배정권을 부여한다. 이를 발동하는 순간 근처에서 접수된 콜을 다른 기사보다 먼저 볼 수 있다. 다만 주어진 시간은 약 3초. 종착지와 요금을 따져가며 이성적인 판단을 시도하려는 찰나에 게임은 끝난다. 본능적으로 수락 여부를 결정하고는 휘모리장단으로 손가락을 움직여야 한다.

일 잡기가 유난히 어려운 날이었다. 시간은 벌써 자정을 향했으나 수익은 여전히 하찮았다. 번번이 경쟁에서 밀려 좋은 콜을 놓치던 차에 결국 비축해둔 아이템을 하나 꺼내 들었다. 신통하게도 얼마 지나지 않아 단독배정 푸시 알림이 떴다. 가격에 홀려 이미 일을 저지른 뒤였지만, 다행히 운행 소요 시간과 가격 모두 나쁘지 않았다. 지척에 있는 공용 주차장에서 출발해 자양동으로 가는 동선이었다. 건대 입구에서 다음 콜을 잡아 빠져나가는 상상을 하자 흐뭇했다. 건대가 여의치 않으면 성수로 나가면 될 일이었다. 행복 회로를 돌리며 출발지로 이동하던 중 손님에게서 메시지가 왔다.

"깜빡이 켜 둔 K5입니다."

K5라니. 불안해졌다. K5의 이미지는 너무 강력했다. 도로를 헤집어 놓는 20대 초중반의 무뢰배가 떠올랐다. 배기 시스템, 보디킷까지 마구잡이로 튜닝했다면 예감은 거의 적중한다. 불쾌감을 유발하는 스티커까지 덕지덕지 붙여 놓았으면 더 이상의 예상이 무의미하다. 편견이라는 사실은 분명히 알고 있지만, 몇 번의 경험이 너무 강렬했다. 나를 가장 힘들게 했던 손님 역시 20대 초반의 하얀색 K5 오너였다. 첫 마디부터 반말로 시작한 그는 온갖 시비를 걸다가 골아 떨어졌고, 목적지에 도착해서도 오랫동안 일어나지 않았다. 간신히 주행을 마치고 우연히 보게 된 뒤범퍼엔 이런 스티커가 붙어 있었다.

'#차안에미친놈있음'

하지만 주차장에서 만난 손님은 전혀 예상 밖이었다. 30대 중반의 멀끔한 직장인 같았다. 정중하게 인사를 하고 차에 오른 그는 페트에 든 생수를 건네며 말했다.

"여기까지 오시느라 목 많이 타셨죠? 물 좀 드시고 천천히 출발하세요."

목은 마르지 않았으나 고개를 숙이며 물병을 받았다. 호의를 거절하면 공익광고처럼 말하는 그에게 미안할 듯했다. 한 모금 두 모금 물을 마시는 사이 그가 한마디 더 꺼냈다.

"제 차가 상태가 좀 안 좋습니다. 시동이 갑자기 꺼져도 놀라지 마세요. 가끔 그럴 때가 있는데, 시동 버튼 누르면 다시 켜지거든요. 그리고 기사님, 혹시 음악 틀어도 방해되지 않겠죠?"

사려 깊은 남자는 동의를 구하고는 노래를 재생했다. 폴리스의 'Every Breath You Take'가 흘러나왔다. 자동차와 묘하게 포개어지는 노래였다. 달리는 동안 구형 K5의 숨도 꼴딱꼴딱 넘어갈 듯했으니까. 그래도 목록에 있는 모든 곡이 내가 좋아하는 노래였다. 디스플레이를 힐끔힐끔 쳐다보는 시선을 눈치 챘는지 그가 멋쩍게 말했다.

"취향이 좀 그렇죠? 하하."

그때 손님이 나와 나누고 싶은 이야기가 있다는 걸 느꼈다. 그리고 그 주제가 음악이 아니라는 건 분명했다. 평소와 달리 호기심이 생겼다. 내 또래이자 매너가 몸에 밴 사람의 삶이 짐짓 궁금했다. 말을 주고받는 사이 대화의 화제는 자연스럽게 자동차에 도달했다.

K5를 인수한 지는 반년이 되어간다고 했다. '한 다리' 건너 아는 사람이 외국으로 떠나면서 저렴한 가격에 차를 처분하려고 했고, 자동차에 대해 전혀 몰랐던 그는 중간에 낀 지인의 추천을 믿고 덥석 인수했다. 마침 새롭게 구한 직장이 대중교통으로 접근하기 어려운 곳에 있어서 자차가 필요하던 참이었다. 계약 전 차를 타보

기는커녕 실물도 보지 못했다. 데이트앱처럼 사진을 통해 매칭이 성사됐다.

자동차의 상태는 굳이 설명을 듣지 않아도 유추할 수 있었다. 브레이크는 자전거 수준이었고, 서스펜션은 삐걱삐걱했다. 전혀 관리하지 않은 차였다. 하지만 진짜 문제는 엔진이었다. 소리가 둔탁한 동시에 더위라도 먹은 것처럼 비실비실했다. 엔진 오일 교환 이력을 알고 있냐고 묻자 모른다는 답이 돌아왔다. 그의 손에 들어온 이후로도 한 번도 오일이 교체되지 않았다. 한숨을 깊게 쉰 남자는 이제 와서 큰 돈 들여 수리하느니 새롭게 한 대 장만하고 싶다고 했다. 여러 차를 운전할 대리 기사에게 요즘 어떤 차가 좋은지 물어보고 싶었다고 덧붙였다. 마음 같아선 새 차를 사고 싶지만, 재정 상황도 고려하면 여의치 않은 상황. 그렇다고 중고차를 사자니 두 번 속을 것 같아 께름칙하다고 했다.

중고차 구매가 얼마나 험난한 과정인지 암시하는 현상이 있다. 차에 대해 잘 아는 사람이 함께 매물을 살펴보고 조언을 해주는 '중고차 동행 아르바이트'가 생겨났다. 사고 이력 세탁, 허위 매물과 관련한 뉴스만 봐도 충분히 납득이 간다. 물론 사기성 매물을 판매하는 딜러는 소수에 지나지 않는다. 대다수의 중고차 판매업자는 직업 윤리를 지켜가며 정직하게 일한다고 믿는다. 하지만, 신중해서 손해볼 일은 없다. 시간을 투자하는만큼 리스크는 감소한다.

눈에 들어오는 모델이 있다면 매물을 찾기에 앞서 동호회 카페에 가입하길 권한다. 자동차는 하루 이틀 시승으로 절대 속속들이 파악할 수 없다. 짧게는 몇 달, 길게는 몇 년 동안 타본 이들을 통해 혹시 있을지도 모를 고질병이나 결함을 파악하는 과정을 선행해야 한다. 정보를 충분히 쌓았다면 슬슬 매물을 탐색한다. 가장 이상적인 조건은 보증 기간이 남은 중고차. 가격을 조금 더 부담한다고 해도 워런티가 남은 차를 선택하는 게 현명하다. 특히 파워트레인에 문제가 생기면 구매한 중고차 가격만큼 수리비가 발생할 수 있다. 여전히 유효한 무상 수리 보증은 보험 역할을 한다. 국산차와 수입차의 기간이 다르고, 브랜드 별로 상이하므로 차의 연식을 확인하고 남은 기간을 확인해 둔다. 마음에 드는 차량을 발견하면 딜러에게 공식 서비스 센터를 찾아 함께 종합 점검을 받을 수 있는지 문의해 본다. 매우 번거로운 일이지만, 보증 기간이 남아 있다면 책임질 일도 없기 때문에 흔쾌히 승낙하는 사람도 종종 있다. 제품에 자신이 있는 딜러는 먼저 공식 센터의 점검을 받아 두고 이상 없다는 증빙을 확보해두기도 한다.

생산된 지 오래되어 보증 기간이 끝난 차라면 조금 더 까다롭다. 중고차 업체가 밀집한 대규모 단지의 경우 자체 점검 확인서를 들이밀지만, 그다지 신뢰가 가지 않는 게 사실이다. 시운전을 하고 싶다고 해도 단지 안에서 짧은 코스만 오가도록 허용하는 정도다. 정말 욕심나는 매물을 발견하면 일일 보험에 가입해 단지 밖으로 나갈 수 있는지 확인한다. 대규모 중고차 단지 주변엔 수많은 공업사가 포진해 있다. 5만원 안팎의 금액이면 차를 띄워 엔진 오일 누유 여부를 확인하고, 사고나 침수를 당한 흔적이 있는지 살펴준다. 물론 대부분의 딜러는 질색을 한다. "그렇게까지 하시면 저희 장사 못하죠"라고 말한 딜러도 있었다. 하지만 나의 주변 사람 몇몇은 이러한 과정을 거친 후 차를 구매했다. 찾고, 뒤지면 구매자의 고충을 헤아리는 귀한 딜러가 분명 존재한다는 뜻이다.

반면 조금 관대하게 바라볼 사항도 있다. 짧은 기간 사용하다가 다시 판매할 생각이 아니라면 도색, 부품 단순 교체가 구매 여부를 판가름할만큼 치명적인 과거는 아니다. '1년에 1만'이라는 매뉴얼 역시 너무 오래된 문법이다. 자동차의 내구성은 꾸준히 향상됐다. 연간 1만5천 킬로미터 꼴로 달렸다고 해도 절대 혹사당한 수치라고 볼 수 없다. 오히려 연식에 비해 주행거리가 눈에 띄게 적은 차를 의심해야 한다. 모든 기계가 비슷하겠지만, 꾸준히 구동한 자동차가 빈둥빈둥댄 차보다 더 건강하다.

9시 단축 영업으로 인해 콜이 뚝 끊긴 날, 건대 입구 인근에서 하염없이 대기하던 중 문득 K5를 타던 손님이 떠올랐다. 그가 어떤 차를 샀는지는 알 길이 없다. 우연히 만난 대리 기사의 장황한 조언을 듣고 아직도 동호회 카페를 유랑하고 있을 수도 있고, 중고차 아닌 새 차

를 장만했을지도 모른다. 지하철이 끊기기 전에 퇴근해
야겠다고 결심하곤 역으로 향하는 길. 그가 사고 싶다고
했던 폭스바겐 아테온이 도로에서 신호를 기다리고
있었다.

CHAPTER 4

심야의 국토 횡단

르노삼성 QM6

한남 사거리의 편의점, 영등포구청역 앞의 은행 365코너. 대리 기사들의 대표적인 아지트다. 서울 시내 도처엔 기사들이 추위를 피하고 정보를 공유하는 장소가 있다. 모두 개방된 화장실이 주변에 있는 동시에 추위를 피할 작은 천막이라도 있는 곳이다. 그 안에선 종종 구면인 사이가 재회하기도 한다. 함께 택시를 타고 외딴 곳에서 빠져나왔거나 격오지를 순환하는 대리 기사 전용 셔틀버스에서 알게 된 경우다. 두 사례에 해당 하진 않지만 마땅한 대기처가 없을 때 자주 들락거리다 보니 나를 알아보는 이도 하나 둘 생겨났다.

그중 한 기사는 지방에서 올라와 일하는 사람이었다. 모텔에서 월 단위로 세를 내는 '달방'에 거주하며 일주일에 6일 일한다고 했다. 방세와 익숙하지 않은 지리를 감안해도 서울에서 일할 때 수익이 더 많다며 담담하게 말했다. 그에 따르면 지방에선 주로 두 명이 팀을 이뤄 차를 타고 이동한다고 한다. 콜을 잡으면 손님이 있는 곳에 파트너를 내려주곤 미리 공유 받은 목적지로 방향을 돌린다. 한 건을 소화한 후 상봉한 둘은 다시 콜을 찾아 길을 나선다. 대중교통 수단이 빈약하고 벽촌으로도 자주 들어가는 지역에서 무의미하게 소비되는 시간을 줄이는 방법이다. 수익 분배는 보통 6대 4. 대리 기사의 이동을 책임지는 드라이버가 차량 사용 명목으로 조금 더 많은 돈을 가져간다. 이야기를 들은 나는 곧장 파트너 영입을 계획했다. 서울에서도 분명 효용이 있을 방법이었다. 도보가 아닌 자동차로 이동하면 경기권으로 나가는 '고액 콜'까지 마음 놓고 선택할 수 있을 것 같았다. 영하의 날씨에 오들오들 떨 걱정도 없었다. 하지만 상대적으로 짧은 경력이 걸림돌이었을까. 대리 기사 커뮤니티를 뒤져가며 짝을 찾아도 별다른 소득이 없었다.

　　파트너는 엉뚱한 곳에서 나타났다. 술자리에서 대리 인생에 관한 이야기를 듣던 전 직장 선배가 함께 하자며 역으로 제안했다. 면허 취득과 차를 구매한지 얼마 지나지 않아 운전 연습도 할 겸 재미있겠다고 너스레를 떨었다. 일주일에 한 두번만이라도 감지덕지였다. 업무를 마친 직장인이 저녁 시간을 할애해 장시간 운전하는 일과가 쉽진 않으니까. 그렇게 합의한 우리는 엉겁결에 동업을 시작했다.

　　서울 내에서만 왔다갔다하던 동선이 극적으로 변했다. 고양, 용인, 남양주처럼 인구가 많은 도시를 마음 편히 드나들었다. 유류비와 고속도로 통비 등 갖가지 추가 비용이 들긴 했지만, 콜 잡는 실력이 일취월장한 덕에 자잘한 지출을 상쇄했다. 고속도로를 통하면 소요 시간도 그리 길지 않았다. '잡콜'만 거듭할 때의 단점이 모두 증발했다. 손님을 찾아 헤매고 교통 신호를 기다리는 시간을 고려하면 '큰 거 한방'의 효율에 비할 수 없었다.

　　목요일이었다. 이른 시간부터 수요가 많은 날이라 초저녁부터 일을 시작하려던 참이었다. 이미 장거리 콜에 중독되어 2만원 가량의 짧은 주행은 눈에 들어 오지도 않았다. 속독하듯 빠르게 리스트를 훑어보던 중 '17만원'이라고 적힌 콜이 추가됐다. 본능적으로 손가락에 힘이 들어갔다. 선배가 오늘의 개시 손님은 어디로 가는지 물었다.

　　"속초…네요."

"속초? 강원도 속초?"

선배는 잠깐 동안 말이 없었다. 에디터로 일하던 시절, 내가 엉망인 원고를 냈을 때보다 더 황당하다는 표정이었다. 하루에 한 번 꼴로 10만원 대 초장거리 콜이 뜨긴 하지만 정말로 잡으리라곤 예상치 못한 듯했다. 차마 속초까지 같이 가자는 말을 할 수 없었다. 손님을 찾아가는 길까지만 함께 하자고 부탁했다. 나를 내려준 그의 얼굴엔 어처구니 없다는 기색이 아직 남아 있었다.

40대 초반으로 보이는 손님은 QM6 뒷자리에서 대리 기사를 기다리고 있었다. 속초까지 가는 이유를 주저리주저리 말할 줄 알았는데 딱히 그렇지도 않았다. 취기보다 피곤한 기색이 역력했다. 그가 담요를 엎으며 말했다.

"기사님 제가 몸이 좀 안 좋아서 계속 잘 건데요. 조금 빨리 갈 수 있죠?"

이렇게 반가운 부탁이 있나. 빨리 도착하고 싶은 마음은 내가 더 굴뚝같았다. 엉겁결에 잡은 콜이었지만 2백킬로미터 남았다는 내비게이션을 확인하고 나서야 어떤 일을 벌였는지 실감했으니까. 10시 안으로 도착하면 승산이 있었다. 속초에서 마지막 심야 버스를 타고 강남 고속터미널로 돌아오는 시나리오. 얼추 계산해도 남는 장사다. 내친김에 터미널 근처에서 집 가는 방향의 콜까지 얻는다면 완벽한 하루가 완성될 것 같았다.

그러나 서울 시내를 벗어나면서 뭔가 잘못 돌아가고 있다는 걸 알았다. 속도를 높이자 차가 도로 한쪽으로 쏠리며 달렸다. 휠 얼라이먼트가 전혀 잡혀 있지 않았다. 바퀴가 제대로 정렬되지 않으면 자동차는 직선이 아닌 사선 방향으로 나아가려고 한다. 주행 방향은 정신 바짝 차리고 조향하면 될 일이지만, 상태가 좋지 않은 타이어는 어찌할 도리가 없었다. 얼라이먼트를 교정하지 않고 장시간 사용한 타이어는 반드시 편마모 현상을 겪는다. 팔자걸음으로 걷거나 안짱다리인 사람의 신발 밑창이 불균형하게 닳는 것과 같은 이치다. 타이어의 성능은 당연히 최악으로 치닫는다. 동시에 자동차 기자 시절에 접한 QM6의 스펙이 떠올랐다. 기억이 맞다면 '저마찰 타이어'를 장착해 놓았을 가능성이 컸다. 지면과의 마찰력을 줄여 뛰어난 연비를 유도하지만, 그만큼 접지력에선 손해를 본다. 엎친데 덮친 격으로 예고 없던 비까지 과격하게 쏟아졌다. 마모된 타이어와 미끄러운 노면, 충분하지 않은 시야. 사고가 발생하기 좋은 조건이 완벽하게 갖춰졌다.

타이어는 자동차에서 가장 돈을 아끼지 말아야 할 파츠다. 달리 말해 가장 돈 값을 하는 부품이 타이어다. 안전과 가장 밀접한 관계가 있는 만큼 수시로 점검해야 한다. 일반적인 제품을 기준으로 교환 주기는 보통 5만 킬로미터. 하지만 주행 습관에 따라 수명은 천차만별이라 그다지 의미 있는 숫자는 아니다. 타이어 상태를 최상으로 유지하는 방법이 그다지 간단하지는 않다. 1만 킬로미터를 탈 때마다 대각선으로 마주보는 타이어를 맞바꾸는 작업을 해야 한다. 전후좌우로 자리가 바뀌며 표면은 고르게 닳고, 기대 수명 역시 늘어난다. 바람직한

현상은 아니지만 정비소에서 자주 쓰는 말은 '도리까이'. '교체'라는 뜻의 일본어 도리카에(とりかえ)가 왜곡된 단어다.

아무리 비싼 자동차라고 해도 휠 정렬이 틀어지는 현상은 피할 수 없다. 그런데도 많은 운전자가 타이어를 교체할 때만 휠 얼라이먼트를 체크한다. 이리저리 뒤틀려 위험한 상태를 몇 년 동안 방관한다는 뜻이다. 타이어의 위치를 맞교환하면서 얼라이먼트까지 동시에 점검하는 습관이 가장 바람직하다. 물론 타이어에 문제가 생겨 정비소를 방문해도 절대 먼저 '도리까이'를 권하진 않는다. 작업에 들이는 노동력에 비해 고작 4만원 남짓한 가격이 결코 크지 않으니까. 얼라이먼트도 마찬가지. 국산차 기준으로 청구하는 비용은 5만원 내외다. 이런 저런 핑계를 대며 점검 의뢰를 받아들이지 않는 정비소도 많아 사전에 연락해서 알아보는 방법이 확실하다. 그리고 정비를 거부한 그 업소는 앞으로도 찾지 않는 게 좋다.

비에 젖은 고속도로를 달린 끝에 속초 시내가 눈에 들어왔다. 마지막 내리막길까지 살금살금 주행하는 사이 시간은 11시를 넘고 있었다. 막차를 타고 단잠에 빠져 서울로 향하는 '당일 치기 속초 힐링 여행'은 이미 물 건너 간 뒤였다. 깊은 잠에 빠진 손님을 깨우고 왜 늦었는지 이야기하자 그는 귀찮다는 듯 고개를 작게 끄덕였다. 그날의 첫 손님이자 마지막 손님에게 건넨 마지막 인사는 시간을 내어 꼭 휠과 타이어를 점검하라는 말이었다. 5년만에 다시 찾은 가을의 속초는 모질게 추웠다. 첫 차가 뜨려면 6시간이나 남은 깊은 밤이었다.

CHAPTER 5

사랑과 전쟁

쉐보레 크루즈 · BMW M3 · 캐딜락 XT5

경유지가 있는 콜은 한 번 더 숙고한다. 단가는 높지만 여기저기 돌다 보면 두세 건을 소화할 시간을 홀랑 날리기 일쑤다. 반면 동선이 크게 어긋나지만 않으면 오히려 근심 없는 주행이 되기도 한다. 동승한 사람들끼리 대화에 빠진 나머지 대리 기사를 전혀 신경 쓰지 않는다. 경로에 대한 불만을 드러내는 일도 거의 없다. 중간 기점이 추가된 바람에 자신도 모르는 길로 달리고 있을 테니까. 그들 대부분은 "내비대로 알아서 가주세요"라며 기사에게 모든 걸 맡긴다.

연인이 탈 땐 평소보다 더 조심히 차를 몬다. 불타는 스킨십을 하느라 안전띠를 풀어놓을 수 있기 때문이다. 한 커플이 특히 기억에 남는다. 아무도 떼어놓지 못할 것처럼 기대어 손을 꼭 붙들고 있었다. 사내에서 만난 모양이었다. 직급으로 서로를 불렀다. 비밀스럽게 사랑하고 있을 두 사람의 애틋한 이야기가 귀에 들어오자 마음이 덩달아 말랑해졌다. 그들이 불륜이란 사실을 알기 전까지는.

1차 목적지인 여자의 집에 도착하자 남자가 따라

내리려고 했다. 여자는 황급히 말리며 말했다.

"남편 일찍 퇴근했단 말이에요."

남자는 내게 3분만 기다려줄 수 있냐고 말하더니 막무가내로 내렸다. 거울에 비친 그들은 으슥한 주차장 입구에서 한참이고 서로를 바라봤다. 초승달만 떴다면 신윤복의 <월하정인> 실사판 같았을 테다. 그러고 보니 그림 속 남녀도 불륜이라는 설을 어딘가에서 들은 것 같았다.

몇 주 뒤 만난 다른 손님은 독일제 고성능 차를 타던 30대 초반의 남자였다. 만취한 그는 전화가 블루투스로 연결된 줄도 모르고 여자 친구와 통화했다. 대화엔 별 내용이 없었다. 남자는 '사랑해'와 '보고 싶어'와 같은 말만 반복했다. 그런데 갑자기 "거래처에서 전화가 왔네. 카톡 할게"라고 하더니 황급히 전화를 끊었다. 그의 주머니에선 다른 핸드폰이 나왔다. 도대체 언제 술이 깼는지 또렷한 목소리로 전화를 받았다.

"응, 자기야. 나 집에 가고 있어."

중년의 '잘못된 만남'도 심심치 않게 목격한다. 번화가의 바에서 나온 남녀는 SUV의 뒷자리에 앉았다. 경유지가 있으니 부부일 가능성은 일단 낮았다. 여자는 남자를 선생님이라고 불렀다. 어떤 종류의 선생님인지는 모르겠지만, 남자는 분명 유부남이었다. 그놈의 블루투스가 언제나 화근이다. 그에게 한 차례 전화가 걸려 왔을 때 차량 디스플레이에 배우자를 뜻하는 명칭의 발신처가 표시됐다. 물론 그는 받지 않았다. 경유지까지 가는 길의 절반 정도를 지날 때였을까. 뒷자리에서 어느새 대화가 사라지고 부스럭대는 소리만 났다. 그때 남자가 콧숨을 깊게 들이쉬며 말했다.

"저쪽에 차 좀 세워봐요."

안전지대에 차를 대자 남자는 그만 가보라고 하더니 운전석에 오르려고 했다. 운행 시간을 고려하면 손해는 아니었지만, 편의를 따질 때가 아니었다. 술에 취한 손님에게 운전대를 절대 넘길 수 없었다. 목적지가 바뀌어도 좋으니 요금과 관계없이 모셔드리겠다고 했다. 하지만 도리어 그냥 가라고 화를 냈다. 여자 역시 죄송하지만 내려달라며 거들었다. 어쩔 도리가 없었다. 둘만 남은 자동차는 다급하게 숙박 업소가 밀집한 골목으로 방향을 틀었다.

　　이 나라에 이렇게 불륜이 많은 줄 몰랐다. 얼추 헤아려도 스무 건이 넘게 떠오른다. 하지만 도덕을 운운하며 남의 삶에 관해 오지랖을 떨고 싶진 않다. 어차피 인간관계란 모두 개별적이니까. 다만 다급하게 대리 기사를 쫓아낸 남자의 삶은 다른 면에서 걱정됐다. 만약 내가 공격적인 태도에 화가나 악한 의도를 품는다면? 술 취한 상태에서 운전하는 모습을 영상으로 찍어 신고한다면? 그는 음주 운전 혐의를 절대 피해갈 수 없다.

　　기사를 보내고 운전했다가 처벌된 사례는 생각보다 흔하다. 얼마나 주행했는지는 중요치 않다. 실랑이를 벌인 끝에 직접 운전대를 잡은 사람이 기사의 신고로

유죄를 받은 판례가 실제로 있다. 그가 운전한 거리는 5 미터였다. 물론 기사가 먼저 도로 한복판에 차를 버려두고 떠나 불가피하게 차를 움직인 사건도 있었다. '긴급 피난'을 명목으로 겨우 무죄 처분을 받았지만, 어쨌든 지난한 재판 과정을 감수한 끝에 얻어낸 결과였다. 무죄를 받은 판례는 매우 극소수다. 앙심을 품은 기사만 신고하는 것도 아니다. 지나가던 시민과 운전자, 먼발치에서 현장을 지켜보던 또 다른 대리 기사 등이 경찰을 불러 현장에서 체포된 경우가 수두룩하다.

　　간혹 주차장에서 차를 미리 빼놓고 기다리는 손님을 만난다. 이런 손님들은 보통 목적지에 다 와 갈 즈음에도 직접 주차하겠다고 말한다. 배려심 많고 친절한 사람이다. 귀찮은 절차를 건너뛰고 시간을 아낄 수 있으니 대부분의 대리 기사는 반색한다. 하지만 이로 인해 사고가 발생하거나 신고를 당한다면 책임은 온전히 이용자가 져야 한다. 대리 기사가 뒤통수를 치지 않으리라고 장담할 수도 없다. 호의를 골탕으로 돌려받지 않으려면 시동을 켜고 끄는 순간까지 운전을 맡기는 게 현명하다.

만약 기사가 주차를 거부한다면 업체에 전화를 걸어 대책을 요구하면 된다. 너무 난처한 곳에 주차를 요구하지 않는 정도가 선의의 최대치여야 한다.

일하면 할수록 새삼 우리나라가 음지 공화국이라는 생각이 든다. 적법한 경로가 있으면 불법적인 루트역시 상존한다. 대리 서비스가 대중화되면서 등장한 '길빵 대리운전'도 이 업계에 뿌리박은 꼼수 중 하나다. 비상등을 켜둔 차에 접근해 호출을 수락한 기사인척하거나 지금 바로 출발하자며 현장에서 협의를 시도하는 방식이다. 이들은 업소나 주차관리원과 결탁해 손님을 소개받기도 한다. 서비스 중개 업체에 수수료를 떼이기 싫은 대리 기사가 불법 기사로 겸업하는 경우가 있고, 면허가 취소되어 정식 기사로 일할 수 없는 사람이 운전대를 잡기도 한다. 조금 빨리 가려다 신원을 보장할 수 없는 이와 귀갓길을 함께하는 상황이 벌어지는 셈이다. 사고 발생 시 보험 처리는 당연히 꿈도 꿀 수 없다. 타인에게 대리를 불러 달라고 부탁하거나, 기사가 목적지에 대해 알고 있는지 확인하지 않는다면 이들을 만날 확률은 더 높아진다.

　　음주 운전에 대한 처벌은 점점 관용을 베풀지 않
는 추세다. '소주 한잔 정도는 괜찮아' 같은 자기 기만이
5백만원 이하의 벌금형을 막아낼 수 없다. 숙박업소로
급선회했던 그 남자가 음주운전으로 적발됐는지 안 됐
는지는 알 수 없다. 아마 삼재가 끼지 않은 이상 별 탈 없
이 모텔에 주차했을 것이다. 내가 벌금으로 날렸을지 모
를 거금을 지켜줬다고 생각하니 피식 웃음이 나왔다. 반
대로 그는 누구에게도 외도의 증거를 남기지 않았다고
만족하며 유유히 모텔로 입장했겠지. 얼굴도 모르는 사
이지만 어쩐지 남자의 반려자가 궁금했다. 짐작이나 할
수 있을까? 자신의 배우자가 외도 상대와의 잠자리를 위
해 음주 운전까지 불사하는 사랑꾼이라는 사실을.

CHAPTER 6

초심의 덫

쉐보레 트레일블레이저

살면서 가장 열심히 찍은 셀카는 대리 기사 프로필 사진이었다. 하얀 배경지를 붙이고 삼각대에 카메라를 올렸다. 머리는 단정히, 미소는 관음보살처럼. 백장 가까이 찍은 사진 중에서 가장 선하게 나온 한 컷을 어렵사리 골랐다. 대리 기사 심사 요건에 '외모'는 당연히 없다. 하지만 알고 지냈던 사람이 생각난 바람에 나도 모르게 연방 셔터를 눌러 댔다.

　　잡지사에서 일하던 시절이었다. 업무상 만난 브랜드 관계자와 반주를 곁들인 저녁 미팅을 했다. 자리를 정리할 무렵, 그는 대리 기사를 잡는 데 애를 먹었다. 주말도 아니었고 본격적인 콜 전쟁이 펼쳐질 시간도 아니어서 의아했다. 무슨 일인지 묻자 이해하기 어려운 대답이 나왔다.

　　"관상 보고 있어요."

　　그는 여러 번에 걸쳐 대리 기사의 얼굴을 확인하고는 호출을 취소했다. 한참을 거듭한 끝에 겨우 무해한 인상을 찾아냈는지 주섬주섬 짐을 챙겼다.

"인상이 안 좋은 사람한테 트라우마가 생겼어요. 험악하게 생긴 대리 기사가 온 적이 있는데, 그날 집에 가는 길에 도로에서 다른 차와 시비가 붙었거든요. 계속 씩씩대더라고요. 집요하게 앞지르고, 추격하는데, 너무 흥분해서 어떻게 할 수가 없었어요. 얼마 뒤에 딱지가 날아왔어요. 중앙선 침범으로 9만원."

과태료는 결국 기사가 부담했으나 끝내 찜찜했다고 한다. 해결 방안을 두고 기사에게 연락한 바람에 개인 정보가 노출되었을 테니까. 대리 업체에 먼저 사건을 먼저 접수해야 했는데, 놀란 나머지 절차를 잘못 밟은 것이다. 이 이야기를 기억하는 나는 손님에게 적어도 나쁜 첫인상을 남기고 싶진 않았다. 어렵게 잡을 콜이 혹시 취소라도 당할까 성심성의껏 사진을 찍어 프로필을 작성했다.

코로나로 인한 단축 영업은 대리 기사에게도 고

난이었다. 4시간가량 되던 피크타임이 1시간 정도로 줄
어버렸다. 8시 30분에서 9시 30분 사이에 좋은 콜을 잡
지 못하면 이후로는 허탕을 치기 마련이었다. 어떤 기사
는 10시 정도에 퇴근해 음식 배달 파트너가 된다고 했다.
2시까지 일하면 그나마 부족한 수익을 충당한다고 한다.
수십 번이고 흔들렸지만, 아직 숨이 붙어있는 퇴직금을
떠올리며 자신을 말렸다.

　　수입이 연거푸 반 토막 나던 시기였다. 을지로에
서 혹시 찾아올지도 모를 '운빨'을 기다렸다. 시간은 한
창 바쁠 때를 지나 11시를 향했다. 마지막 콜을 잡지 못
하면 2호선을 타고 강제로 퇴근해야 할 분위기였다. 그
때 집 근처로 가는 콜이 울렸다. 가격도 시세보다 높았
다. 귀가하려면 손님을 내려드리고 지하철로 두 정거장
을 가야 했지만, 마음은 이미 뜨끈한 방구석이었다.

　　손님은 오늘 처음 대리운전을 부른 낌새였다. 만
나자마자 어떻게 결제해야 하는지 물었다. 비용도 '흥정
하기' 기능을 몰라 비싼 추천 요금을 그대로 누른 듯했
다. 차를 빼며 룸미러를 보자 후면 윈드실드에 붙은 스티

커가 눈에 띄었다. '초보 운전'. 가죽 냄새가 빠지지 않은 트레일블레이저도 생애 첫차 같았다. 아직 길들이기가 끝나지 않았을 자동차 상태를 고려해 RPM을 조절하며 천천히 시내를 빠져나왔다.

　　마포를 지나던 때였다. 가장 우측 차로에서 신호를 기다리던 중 뒤차가 상향등을 격하게 깜빡거렸다. 우회전하려는 자신의 진로를 막지 말라는 공격적인 신호였다. 끝내 경적까지 울려 불편하게 했다. 괘씸하게도 초보 운전 스티커를 보고 더 쏘아붙이고 있는 게 뻔했다. 일부러 모른 척했으나 상황을 인지한 손님이 당황한 목소리로 말했다.

　　"기사님, 뒤에…"

　　고개를 돌려 후면을 살핀 손님은 왼쪽 차로 제일 앞으로 자리를 옮겨주자고 했다. 양보와 방어 운전에 대해 철저히 교육받았을 초보자의 심정은 충분히 공감할 수 있었다. 하지만 누가 신고라도 한다면 정지선 침범으로 과태료를 받을 행동이었다. 비용은 물론 대리 기사의 몫이다. 손님은 우리가 큰 잘못이라도 저지르고 있다는 듯 계속 채근했다. 비켜주지 않으면 진로 방해라고 했다. 도로 바닥에 직진 금지 표시가 없었으며, 우회전하려는 차를 위해 자리를 비켜줄 의무가 없다고 설명했지만 별 효과는 없었다. 그는 떨떠름한 표정으로 크게 한숨을 내 쉬더니 아무 말도 하지 않았다.

우리나라의 교통 체계는 결코 뒤처지는 수준이 아니다. 선진국 대접을 받는 유럽의 경우 노면전차가 도 로를 공유하는 도시가 많아 오히려 위험 요소가 많다. 일 본처럼 잘 구축된 신호 체계에 철저한 준법정신까지 더 해진 몇몇 국가를 제외하면 순위권에 들 만하다. 강박적 으로 도로를 닦으며 쌓은 각종 기술을 해외에 수출하기 도 한다. 다만 운전자를 혼동하게 하는 결점이 아직 존재 하는데, 대부분 불친절한 안내에서 기인한다.

만약 그날 노면에 직진과 우회전이 모두 가능하 다는 화살표가 그려져 있었다면 초보 손님은 오해하지 않았을지도 모른다. 어디엔 두 방향으로 모두 진행이 가능하다는 화살표가 그려져 있고, 또 어디는 그렇지 않다. 일관성의 문제다. 차로가 계속 연결되고, 직진을 금지하는 별도의 표지가 없다면 뒤차를 위해 억지로 길을 내어줄 필요가 없다. 다행히 최근 대대적인 캠페인으로 문제는 많이 개선됐다. 그러나 좌회전 차로에서 발생하는 비슷한 상황은 여전히 혼란스럽다. 대다수의 운전자가 잘못 알고 있는 교통 체계다. 왼쪽으로 향하는 화살표만 덩그러니 그려진 차로라면 당연히 좌회전만 가능하다고 생각한다. 실제로 직진이 불가능하다고 판단해 무리하게 우측으로 차로를 변경하다가 사고를 낸 지인도 있었다. 만약 교차로 건너편에 이어지는 차로가 없는 경우 요령껏 오른쪽 차로로 이동해야겠지만, 그렇지 않으면 무리하게 진로를 바꾸지 않아도 된다. 단, 유의해야 할 점이 있다. 직진을 금지하는 적신호가 들어오는 동시에 좌회전 신호가 점등하면 어쩔 수 없이 왼쪽으로 진로를 틀어야 한다. 또한 3차로 이상의 다차로에서 바로 오른쪽에도 좌회전 차로가 있다면 직진하지 않는 게 좋다. 좌회전하는 우측 차와 충돌해 사고가 발생하는 순간 매우 불리한 처지에 놓인다.

집에 도착하자 고객으로부터 받은 피드백이 업데이트됐다. 작은 소동 이후 도통 조용했던 손님은 별점 최하점으로 하고 싶었던 말을 대신했다. 후기엔 "초보 같음"이라고 적혀 있었다. 운전 실력이 초보라는 건지, 대리 경력이 초보라는 건지 알 길은 없다. 그날의 경험으로 그 역시 관상으로 기사를 고를지도 모를 일이다. 우연일까? 이후 쉐보레 트레일블레이저를 본 적은 한 번도 없다.

CHAPTER 7

퇴장하는 중입니다

아침에 눈을 뜨면 어김없이 서너 통의 문자가 와 있다. '신차 출시 미디어 콘퍼런스', '안전성 검사 최고 등급 획득'처럼 기자들에게 브랜드의 소식을 알리는 단체 메시지다. 나는 기자였다. 잡지사에서 주로 자동차에 관한 내용을 다뤘다. 매거진에서 일하는 기자는 글 쓰는 일만큼이나 편집 업무가 많다. 그래서 엄밀히 따지면 에디터라는 호칭이 더 적절하겠지만, 대개 기자라는 호칭으로 '퉁'치곤 했다.

모닝콜처럼 울리는 문자와 번지수를 잘못 찾은 전화 때문에 어떤 기자들은 일을 그만두는 동시에 번호를 바꾼다고 한다. 그렇게까지 유난을 떨고 싶진 않았다. 어차피 내가 그리워 보낸 문자는 아닐 테니까. 미디어 연락처 엑셀 시트에 여전히 나의 연락처가 남아 있을 뿐이고, 단체 메시지 목록에서 아직 삭제되지 않았을 뿐이다. 매일같이 문자를 받은 지 1년이 훌쩍 지났다. 그사이 달라진 게 있다면 기자보다 기사라는 호칭에 더 익숙해졌다는 사실, 조금이라도 빨리 콜을 잡아보겠다며 5G로 바꾼 요금제, 그리고 또박또박 받던 월급에서 불규칙한 일급으로 바뀐 수입.

구체적으로 퇴사를 그려본 적은 없었다. <퇴사하겠습니다> 같은 책이 잘 팔리는 세상이 도무지 이해되지 않았다. '퇴준생' 같은 신조어를 들으면 속으로 비웃곤 했다. 하지만 사원증을 반납하고 나서야 4년짜리 자기 최면에 빠져 있었다는 걸 알았다. 나는 일을 사랑한게 아니고, 게을렀을 뿐이다. 다른 직업을 찾아본 적이 없었다. 재직하던 회사 이외의 직장을 고려해본 적도 없었다. 잡지라는 매체의 추락을 일선에서 목도하면서도 애써 부정하고 싶었다. 그래야 내가 하는 일의 가치가 여전히 유효해 보일 테니까.

남들보다 늦게 들어간 대학을 졸업하고 자동차 전문지에서 직장 생활을 시작했다. 잡지와 자동차 업계의 생리에 적응하기도 전에 <GQ>에 채용됐다. 2017년 봄이었다. 하지만 해가 넘어가자마자 팀 구조에 변화가 생겼다. 회사에서 편집팀에 요구하는 성과의 기준도 바뀌었다. 판매 부수로 영업 이익을 바라기엔 매출 구조가 이미 오래전에 전복된 후였다. 기자가 직접 매출을 올려야 하는 상황이 펼쳐졌다. 광고성 기사를 유치하거나 브랜드를 행사 스폰서로 이끌어와야 했다.

자동차라는 덩치 큰 산업을 담당하는 기자에겐 더 강한 압력이 밀려왔다. 신차 발매 소식만 접하면 제안서를 들고 관계자를 찾아다녔다. 한 푼 두 푼 벌다 보니 어느 새부터 연차도 얼마 안 된 기자가 돈 냄새만 맡고 다닌다는 험담이 들렸다. <GQ>의 대리인으로서 제안했건만, 이재현이 제안한 것으로 받아들이는 듯했다. 계약을 성사시켰다는 명목으로 천원짜리 한 장이라도 떨어졌다면 분하지나 않았을 테다. 어렵사리 매출 목표액을 채우고 나면 이듬해 곱빼기로 상향 조정된 목표치가 내려왔다. 영업과 기자 본업 사이에서 발생하는 오차, 사양 산업이라는 늪에서 허우적거리는 동안 2020년이 열렸다.

급작스럽게 찾아온 '옘병'으로 브랜드의 마케팅 비용이 완전히 굳어버렸다. 더 정확히는 잡지에 지출하는 홍보 비용이 감소하는 시점과 코로나의 창궐이 정확히 맞아떨어졌다. 어떤 일이 벌어질지 알면서도 여전히 퇴사를 고려하진 않았다. 오히려 이 위기만 넘기면 된다는 최후의 최면만 걸었다. 낙오자로 내몰리기 싫은 마음은 이미 버티겠다는 오기로 변해 있었다.

퇴사를 결심한 순간은 꽤 멋이 없었다. 키보드를 던지고, 수북이 쌓인 원고를 찢어가며 칼춤을 추기는커녕 사무실도 아닌 강원도 바닷가에서 모든 걸 포기하기로 마음먹었다. 촬영 때문에 해안가를 헤매는 동안 사무실에 한바탕 분란이 일었다는 소식을 들었다. 이유는 매출. 특히 자동차 담당 기자에게 집중적인 질타가 들어왔다고 했다. 나는 다음날 회사로 돌아가 평소와 다른 대답을 했다. 해명과 반성 대신 퇴사하겠다고 말했다. 윗선에선 붙잡지 않겠다고 했고, 절차는 순식간에 진행됐다. 어떤 일을 벌였는지 아직 얼떨떨했지만, 상사의 한 마디는 내가 분명 옳은 일을 하긴 했다는 확실을 줬다. "내가 나간다고 해도 안 잡으면 어쩌죠?"

일주일 뒤, 짐을 모두 차에 싣고 마지막 퇴근을 하는 동안 나의 퇴사 사실을 모르는 타 매체 에디터로부터 전화가 왔다.

"XX매체에서 인스타에 올린 거 봤어요? ＜GQ＞에서 한 거랑 완전 똑같던데. 거기에 경고해야 하는 거 아녜요?"

"그래요? 돈이라도 내놓으라고 해야 하나? 하하하."

짧았던 통화를 마치자 잠시 끊겼던 민해경의 '사랑은 이제 그만' 다시 흘러나왔다. 집에 도착하기까지 10분이 남았을 때였다. 그때 나는 직장 생활을 통틀어 가장 활짝 웃고 있었다.

CHAPTER 8

코리안 클래식

기아 크레도스

다른 매체로 옮길 생각은 조금도 없었다. 회사 규모를 막론하고 여타 잡지사의 사정도 크게 다르지 않다는 사실을 알고 있었다. 소속을 바꾼다 한들 삶이 즐거울 것 같지는 않았다. '알바'처럼 들어오는 외고 청탁 역시 대부분 거절했다. 취재를 하고, 마감일에 맞춰 헐레벌떡 달려나가는 '잡지 사이클'에서 벗어나고 싶었다. 프리랜서도 할 수 있는 시기가 있다며 일거리를 마다하지 말라는 조언이 쏟아졌다. 물론 귀담아듣지 않았다. 글을 쓸 여력이 전혀 남아있지 않았고, 잡지에 실리는 모든 콘텐츠가 무의미해 보였다. 한 친구는 '번아웃'이 온 것이라고 이야기했다. 어려운 심리학은 잘 몰라도, 싸늘하게 식은 것은 확실했다.

마음은 차가웠지만, 몸은 점점 뜨거워졌다. 퇴사와 동시에 여름이 찾아왔다. 나는 이 나라의 여름이 이렇게 화끈한 줄 몰랐다. 팔자 좋은 백수 생활을 기대했으나 제철 맞은 더위 앞에 헉헉대기 일쑤였다. 사무실 에어컨이 떠올랐다. 그나마 다행이지. 일과 사람이 아니라 한낱 기계나 그리워하고 있으니. 젖은 빨래처럼 늘어진 채 여름을 허망하게 보내자 비로소 공기마저 써늘해졌다. 인간은 역시 추워야 궁핍을 실감한다. 텅텅 비어 가는 통장 잔고 앞에서 본의 아니게 자아 성찰을 하고 있었다. 줄곧 백수로 지낼 만큼 배짱이 두둑한 사람은 아니라는 결론이 나왔다. 완전히 무너진 생활 패턴에 루틴이 필요하기도 했다. 가벼운 주머니 사정에 내몰려 여러 아르바이트를 알아봤지만, 서른 중반의 남자를 채용하려는 곳은 없었다.

스마트폰으로 채용 사이트를 뒤지는 동안 무심코 틀어 놓은 TV에서 대리운전 광고가 나왔다. 생각해보니 대리운전처럼 간편한 일도 없었다. 마음만 먹으면 바로 시작할 수 있었다. 입사와 퇴사 절차가 없고 출근을 강요하지도 않는다. 콜을 잡는 것도, 동선을 짜는 것도 순전히 본인의 몫이다. 사장까지는 아니어도 유사 1인 사업자 정도로는 살 수 있을 듯했다.

대리운전을 택한 이유는 하나 더 있었다. 자동차 기자는 신차를 타고, 시승기를 작성하는 일을 매달 반복한다. 여기엔 맹점이 있다. 항상 최신 모델만 접하기 때문에 오래전 출시된 차를 경험할 기회가 거의 없다. 새로 나온 모델이 어떤 과정을 거쳐 발전했는지 파악하기 어렵다. '그랜저 TG'를 안다면 이후 출시된 '그랜저 IG'가 더 입체적으로 보일 수밖에 없다. 관록 있는 기자의 '끗발'이 차종의 연대기를 훑어 온 역사에서 나온다고 해도 과장이 아니다. 대리운전은 둘도 없는 기회였다. 단종된 차를 돈까지 받아가며 몰아볼 기회를 제공했다. 운 좋으면 국내에 정식 수입되지 않아 개별적으로 들여온 차까지 경험할 수 있었다. 자동차 기자 경력은 이어가지 않을 참이었지만, 대리운전을 통해 지적 재산으로 쌓아 두고 싶었다. 어느 날 갑자기 퇴사한 것처럼, 어느 날 느닷없이 무슨 일을 시작할지 모르니까.

　　오래된 차에 관한 호기심 때문이었는지 클래식 카에 관한 기사를 기획한 바 있다. 하지만 가장 섭외가 어려웠던 장르가 클래식 카였다. 힘들게 구해 애지중지하느라 남의 손에 차를 맡기길 극도로 꺼렸다. 유지와 보수를 하는 데도 많은 돈이 들어갈 테니 그 심정에 공감이 갔다. 사고라도 나면 부품을 조달하는 데 몇 달은 족히

걸릴 테니까. 간혹 섭외에 적극적으로 임하는 경우도 있었는데, 매거진에 나온 차라는 점을 재판매에 활용하려는 의도를 품은 차주가 대부분이었다. 모른 척 슬쩍 넘어가면 그만이지만, 중고차 홍보에 동원될 기사를 낼 수는 없었다. 뒷조사 끝에 섭외를 취소한 사례가 부지기수다.

　　기자로서 접근하기 힘들었던 클래식 카는 기사가 되어서야 인연이 트였다. BMW 3세대 M3를 비롯해 브랜드마저 사라진 사브의 9-5도 운 좋게 운전한 적이 있다. 그래도 가장 근사한 올드카는 수입차가 아닌 국산차였다. 아직도 초록색 번호판을 부착한 진짜 클래식.

　　중구의 어느 고급 호텔에서 콜이 울렸다. 목적지는 그리 멀지 않은 옥수동인데도 가격이 괜찮았다. 기분 좋게 지하 주차장으로 내려가 손님을 찾았다. 비싼 수입차가 늘어선 가운데 젊은 부부가 아이를 안고 서 있었다. 호텔에서 돌잔치를 한 모양이었다. 당연히 고가의 자동차가 기다리고 있으리라 생각했지만, 장소와 조금 어울리지 않는 차로 안내했다. 기아 크레도스였다. 초등학생 무렵에 봤던 차다.

"기사님, 저희 아버지 뒷좌석에 계시거든요. 안전하게 잘 부탁드립니다."

나는 당황한 나머지 20세기에 결례를 범하는 질문을 했다.

"이거 수동 아닌가요?"

크레도스는 얼른 타기나 하라는 듯 비상등을 끔뻑끔뻑거렸다. 일흔이 넘어 보이는 차주가 질문에 대한 답을 하며 인사를 대신했다.

"스틱인 줄 알았어요? 이게 97년 형이에요. 그때도 수동은 거의 없었어."

외형은 낡았어도 관리는 아주 잘 된 상태였다. 요즘 자동차에 비하면 투박한 면이 분명 있었지만, 무려 사반세기를 달린 자동차라는 점을 고려하면 늙지도 않은 셈이었다. 노신사는 꽤 넉넉한 삶을 사는 듯했다. 룸미러 너머로 잘 갖춰 입은 옷매무새가 보였다. 아들뻘 기사에게 꼬박꼬박 '선생'이라는 호칭을 붙여가며 여유 있는 화법을 구사했다. 그가 어떤 삶을 살아왔는지 대강 알 수 있었다. "차를 일부러 안 바꾸신 것 같은데요"라며 슬쩍 운을 띄우자 그는 이야기를 시작했다.

"애들이 점점 크면서 차를 샀어요. 그때만 해도 꽤 괜찮은 차였어요. 이걸로 학교도 데려다주고, 애들 엄마랑 드라이브도 다니고."

룸미러에 달린 작은 액자엔 중년의 부부와 초등학생과 중학생 정도로 보이는 자녀가 함께 찍은 사진이 들어있었다.

"근데 곧장 IMF 터지면서 다 날리고, 이 차 한 대 남았어요. 어떻게든 먹고 살라고 애쓰는 동안 항상 끌고 다녔던 차가 이거요. 겨우 다시 자리 잡아서 이제 좀 살만하구나 싶으니까 애들은 결혼해서 나가고, 애들 엄마는 먼저 떠나더라고. 다시 이 차만 남았지. 늙으면 뭐든 쉽게 못 바꿔. 추억 보면서 사는 거거든."

목적지에 도착하자 그는 요금을 물었다. 아들이 자동 결제를 해서 별도의 운임이 없다고 하는데도 굳이 지갑에서 돈을 꺼내 주었다. 그는 날이 쌀쌀한데 택시 타고 가라며 작별 인사를 했다. 만원짜리 두 장을 손에 꼭 쥔 채 옥수동 언덕을 내려오는 동안 왜 클래식 카 섭외가 쉽지 않았는지 떠올랐다. 나는 차를 찾는 데만 열중했다. 유명하고, 화려하고, 값깨나 나가는 빈티지 카를 찾느라 혈안이었다. 하지만 차보다 사람을 먼저 찾았더라면 이야기는 달랐을 것이다. 클래식 카를 구입한 사람이 아니라 클래식 카로 만들어 간 사람을. 젊은이가 타는 포르쉐 964보다 칠순 넘은 노인이 소유한 기아 크레도스에 관한 이야기가 더 소중했을지도 모른다. 옥수동 언덕을 내려오는 동안 이제 더 이상 기사 기획을 하지 않아도 되는 나에게 처음으로 서운했다.

CHAPTER 9

망나니 공화국

메르세데스-벤츠 S클래스 · 기아 스포티지 · 닛산 GT-R

주머니 사정이 넉넉지 않은 건 예나 지금이나 별반 차이가 없다. 하지만 기자일 땐 적어도 힘든 일을 견디게 할 최후의 보루가 있었다. '기레기 전성시대'라고는 해도, 기자는 아직 어디에서도 존중받는 존재다. 나는 속물이다. 타인의 존중에 거나하게 취해 스스로를 대견하게 여긴 순간이 많았다. 자신을 궁극의 인사이더로 여기는 '에디터 자의식'을 경계하자고 다짐하다가도 '지큐맨' 소리를 들을 때면 여기저기에 직업적 성취를 늘어놓고 싶을 만큼 엉덩이가 들썩거렸다.

영화 <택시 드라이버>엔 이런 대사가 나온다. "사람이 직업을 가지면, 그 직업이 사람이 되어버린다." 물론 어쩔 수 없이 대리 기사로 내몰린 건 아니었다. 순전히 자발적인 선택이었다. 오래 일할 생각도 없었다. 하지만 인간은 오늘을 산다. 과정은 그다지 중요하지 않았다. 생애 두 번째로 얻은 직업은 자아를 새롭게 규정했다. 그 시간은 얼마 걸리지도 않았다.

나는 지금 어떤 사람인지 자각하게 한 것은 분하게도 세 명의 괴인이었다. 첫 번째 인물을 만난 곳은 용산이었다. 잘 알려진 기업 본사의 지하 주차장에서 강남으로 가는 콜이었다. 차가 세워져 있다는 지하 4층으로 내려가 벤츠를 찾았지만, 심야의 주차장엔 인기척이 없었다. 우왕좌왕하는 사이 전화가 왔다. 그는 1층 주차장 출구 앞에서 기다리고 있다고 말했다.

전화를 끊자마자 혼잣말로 욕을 하며 다시 1층으로 올라갔다. 50대 남자와 그보다 조금 어려 보이는 남자가 골프 가방과 커다란 가방을 옆에 두고 서 있었다. 부하 직원인지 거래처 사람인지는 알 수 없지만, 아랫사람 혹은 을의 처지가 분명한 남자가 나를 보자마자 다급하게 말했다.

"아니 뭐 하는 거야? 빨리 짐 실어드려야지!"

말도 없이 접선 장소를 바꿔 미안하다는 한마디만 했어도 자진해서 트렁크에 골프백을 실었을 것이다. 그러나 대리운전을 부른 게 아니라 잡부를 샀다고 여기는 듯한 태도가 괘씸해 멀뚱멀뚱 서 있기만 했다. 결국

'미스터 을'이 짐꾼 역할을 했고, 자동차는 출발했다.

남자는 아무 말이 없었다. 뒷좌석을 완전히 젖혀 거의 드러누운 자세로 창밖만 보고 있었다. 강남에서도 방귀깨나 뀐다는 사람들이 산다는 아파트 단지가 그의 집이었다. 주차를 마치곤 무미건조한 인사를 건넸다. 그러자 남자가 처음으로 입을 열었다.

"기사 양반, 우리 집까지 짐 좀 들어주지. 5만원 이면 되나?"

조곤조곤 교양 있는 말투여서 더 화가 났다. 공손한 무례 앞에서 부아가 치밀어 올랐으나 안녕히 들어가시라는 말만 남기고 등을 돌렸다. 남자의 저주 때문이었을까. 이후로 콜을 하나도 잡지 못했다. 기어코 사회적 계급을 확인하고 싶었는지, 싸가지 없는 대리 기사를 훈육하고 싶었는지는 알 수 없으나 모욕을 당한 마음이 쉽게 가라앉지 않았다. 하지만 그보다 얄미운 건 퇴근길에 당일 수입을 계산하며 이런 생각을 하는 나 자신이었다.

"씨발, 그냥 할 걸 그랬나."

두 번째 손님은 그로부터 몇 주 뒤에 만났다. 사당에서 고양시로 가는 장거리 손님이었다. 평범한 차림에 흔하디흔한 차를 타는 보통의 아저씨. 30킬로미터를 넘게 달려야 하던 터라 내심 조용히 잠들었으면 했다. 하지만 그는 출발과 동시에 유튜브를 틀었다. 블루투스까지 연결되어 스피커를 통해 음성이 흘러나왔다. 정치에 관한 콘텐츠가 분명했다. 언뜻 듣기에도 터무니없는 주장을 늘어놓는 편향된 방송을 들으며 남자는 한국 사회를 싸잡아 욕했다. 함께 일 한 선배가 한 말이 떠올랐다. "늙은 미국인은 음모론 클럽에 나가고, 늙은 일본인은 모든 게 자기 탓이라고 자책하며 사라진다. 그리고 늙은 한국인은 전방위로 욕한다." 독백이 점점 지켜워졌는지 나에게도 말을 붙이기 시작했다. 대부분의 문장에 정치적 성향을 검증하려는 의도가 세련되지 않은 방식으로 섞여 있었다. 대화를 이끌어나가는 방식도 투박하고 수준이 낮았다.

나는 정치를 모른다. 아니, 알고 싶지 않다는 쪽에 가깝다. 정치든 사상이든, '골수분자'와는 가급적 친구가 되고 싶지도 않다. 경직된 신념으로 가득 찬 남자의 육성 때문에 조금씩 피로가 몰려왔다. 그가 집요하게 말을 건넬 때마다 허허허 웃으며 대답을 회피했다. 늙은 한국인은 급기야 선을 넘었다.

　　"젊은 사람이 그러면 쓰나. 아무리 대리운전을 하고 살아도 세상 돌아가는 건 좀 알고 그래야지."

　　그제야 블루투스까지 연결해 방송을 틀어 놓고, 숨넘어갈 듯한 호흡으로 떠들어 댄 이유가 이해됐다. 그에게 대리 기사는 교육해야 할 대상이었을 것이다. 정치적 식견으로 무장한 지식인인 자신에겐 소시민을 교화할 의무가 있다고 여길 테니까. 문제는 그가 전혀 똑똑한 사람으로 보이지 않는다는 데 있었다.
　　세 번째 손님과의 만남은 사실 기분 산뜻하게 시작됐다. 이태원에서 내가 사는 아파트 단지로 가는 운행을 요청한 고객이었다. 공영 주차장에 도착하자 짧은 경적으로 자신의 위치를 알렸다. 그는 낯익은 차에 앉아 기다리고 있었다. 카멜레온처럼 표면을 랩핑한 일본산 스포츠카. 쩌렁쩌렁한 배기음으로 밤잠을 깨우고, 질서 없이 주차하는 그놈. 우리 아파트에 사는 공공의 적이었다. 마침 궁금하던 참이었다. 계속된 민원에도 아랑곳하지 않고 무질서를 자행하던 얼굴이 궁금했다. '조선판 조커'를 기대하며 얼굴을 살폈지만, 의외로 단정한 회사원의 모습이었다. 동승석에 오른 그는 조용했다. 집으로 향하는 길을 잘 알아 내비게이션을 켜지 않았는데도 경로에 대해 별다른 말을 하지 않았다. "삼촌도 피우려면 피우세요"라는 말을 던지곤 담배 두어 개비를 태운 게 전부였다. 말투와 표정, 모든 게 무심했다.

아파트 주차장에 차를 대려고 하자 그는 그냥 통로에 주차하라고 했다. 빈자리가 많아서 30초만 기다리면 사각형 안으로 예쁘게 차를 밀어 넣을 수 있었다. 차량 통행에 방해되지 않겠냐고 정중히 이야기하자 그는 느닷없이 화를 냈다.

"여기 대라면 대시라고요."

이튿날, 우연히도 단지 내 흡연장에서 그를 다시 만났다. 눈이 마주쳤는데도 나를 알아보지 못했다. 그의 주차법은 여전히 미스터리였지만, 왜 격분했는지는 짐 작할 수 있었다. 자신이 저지르고 있는 잘못이 부끄러워 분노하지는 않았을 테다. 한나절도 지나지 않아 얼굴마 저 잊어버릴 대리 기사 따위가 의견을 제시해 심기가 불 편했을 것이다. 다음 날도, 그다음 날도, 문제의 자동차 는 정해진 주차 구역을 벗어나 있었다.

악인을 만나는 경우는 드물다. 대부분의 손님은 친절하고, 배려심으로 기사를 대한다. 하지만 예고 없이 등장하는 빌런과 그들과의 만남으로 벌어지는 사건은 내가 속한 세상이 이제 완전히 바뀌었다는 사실을 적시 했다. 언론인 행세를 하며 살 때는 그려 보지도 못한 세 계였다. 이웃집 망나니를 만난 그 날, 집으로 돌아온 나 는 <택시 드라이버>를 다시 보고 나서야 겨우 잠이 들었다.

PART 2

콜 미 바이 유어 머니

CHAPTER 10

기사가 기사를 만났을 때

현대 포터

12월 호엔 전통처럼 'GQ AWARD'라는 섹션을 만들었다. '올해의 영화', '올해의 멘트' 등 다시금 주목하거나 되짚어보고 싶은 소재를 분야를 막론하고 선정했다. 에디터별로 쓴 글을 한데 모아 읽고 나면 '씻김굿'이라도 한 기분이었다. 이렇게 다난한 한 해였지만, 올해도 어쨌든 살아남아 연말을 목전에 두고 있으니까. 'GQ AWARD'가 유난히 기억에 남는 이유는 한 가지 더 있다. 다른 기사보다 편애와 편증이 지극하게 첨가되는 기사였다. 연차가 제일 낮은 막내 기자인 나도 자유롭게 이야기를 꺼낼 수 있었다. 정치나 사회적 문제에 관한 가타부타는 그다지 자신이 없어서 주로 소소한 이슈에 관한 글을 썼다. 당시 작성한 텍스트 중엔 '손풍기'에 대한 짤막한 소회가 있었다. 오뉴월이면 등장해 처서가 지나서야 자취를 감추는 국민 하계 아이템을 마음껏 비웃고 싶었다. 대단한 이야깃거리도 아닌 데다 공익을 조금도 해하지 않았지만, 밖에서까지 얼굴에 팔랑개비를 맞대고 사는 사람들의 유난에 심술을 부리고 싶었다.

그러나 그로부터 3년 반이 지난 시점. 나는 손풍

기도 모자라 '넥풍기'까지 목에 걸친 채 화곡동을 헤매고 있었다. 신성한 손풍기를 모독해 이렇게 살고 있는 거라며 오만한 과거를 회개하기도 했다. 8월 더위에 탈진해갈 즈음, 전화기에서 딩동 소리가 울렸다. 목적지는 금천구였다. 금요일 밤 10시에 독산동으로 가는 콜이라니. 당연히 그곳에 있는 유명한 성인 나이트로 향하는 건이라고 생각했다. 썩 내키지는 않았다. 남녀 만남의 장으로 들어가는 콜이라면 언제나 뒤끝이 좋지 않았으니까. 무릉도원으로 입성하는 손님들은 원초적 욕구에 홀린 듯 들떠 있었고, 매너나 배려는 안중에도 없었다. 더구나 그 나이트는 위치도 참 날 것 그대로다. 서울 서남부 최대 규모의 우시장 한가운데를 당당히 차지한다. 나이트와 소 비린내의 조합이라니. 업소 앞에서도 이어지는 중년의 플러팅을 목격하고, 더위와 습기에 비벼진 고기 냄새에 취하고 나면 열심히 살아보자던 의지마저 어쩐지 우스워졌다.

'현 시국'이 떠오른 건 콜 신호음이 울린 지 몇 초 뒤였다. 불행인지 다행인지 코로나로 인해 수도권의 나이트 영업을 제한하는 중이었다. 나이트가 문을 닫았으면 다시 독산동을 빠져나오기도 쉽진 않겠다며 또 한 번 망설이는 순간, 대리비가 올랐다는 알림창이 떠올랐다. 나는 3천원에 설득되어 고민을 멈추고 수락 버튼을 눌렀다. 3천원이 어딘가. 다이소에서 멀끔한 손풍기를 하나 더 챙겨 넣을 수 있는 금액이 아닌가.

나는 바람에 얼굴을 식혀가며 술집이 늘어선 화곡동 어느 길목에 들어섰다. 호출된 곳에 다다랐는데도 손님으로 추정되는 사람은 보이지 않았다. 길에 세워진 포터 한 대만 눈에 들어왔다. 그 옆에선 작업용 조끼를 입은 세 명이 담배를 피우고 있을 뿐이었다. 아직 손님이 술집에서 나오지 않았다고 여겨 전화를 걸었다. 그런데 그 중 한 명이 전화를 받으며 나를 향해 손을 흔들었다. 내가 오늘 몰아야 할 차는 영업용 포터 탑차였고, 동승자는 나처럼 핸들밥을 먹고 사는 사람이었다.

많이 잡아야 20대 중후반쯤. 뿔테 안경을 쓴 더벅머리는 노동자보다 학생에 어울릴 것 같았다. 차량 내부는 각종 케이블과 이미 비워진 음료 캔, 그리고 잡다한 물건으로 어지러웠다. 대시 보드 위엔 손풍기 두어 개가 널브러져 있었다. 그는 내 목에 걸린 넥풍기를 힐끔 쳐다보더니 에어컨을 강하게 틀었다. 두 사람은 말이 없었고, 차 안에는 냉각팬 돌아가는 소리만 울렸다.

"오늘 많이 덥죠?"

휴대용 선풍기까지 두르고도 땀을 흘리는 내가 민망해하기라도 할까 그가 슬쩍 말을 꺼냈다. 나는 어색한 웃음 섞인 말투로 괜찮다고 얼버무리고는 회식 날이었느냐고 되물었다. 손님은 다시 잠깐 조용해지더니 사실 골치 아픈 일이 있어서 동료들과 술자리를 가졌다고 답했다. 사연은 생각보다 복잡했다.

예상대로 서른이 되지 않은 손님은 일을 시작한 지 반년 정도밖에 되지 않은 초보 배송 기사였다. 아르바이트로 돈을 모아 어렵게 중고 포터를 구입하고는 프랜차이즈 식당과 마트 등에 물건을 배송하는 사람이었다. 일에 따라서는 운반하는 물품을 가리지 않는 모양이었다. 사건은 사흘 전에 일어났다고 했다. 골목길을 달리는 중 자전거를 타고 음식을 배달하던 사람이 이를 피하려다 넘어졌다고 한다. 충돌은 없었으나 자전거 운전자가 상해를 입었고, 음식 역시 엉망이 되어버렸다. 현장에서 시비가 벌어져 보험사에 연락했다. 하지만 보험사는 '비접촉 사고'라는 생소한 용어를 들어가며 소극적으로 나왔다고 한다. 여러 불리한 조건을 알려주며 개인적으로 합의금을 주고 조용히 해결하는 게 더 낫다는 말을 했다. 그러나 음식 배달원이 요구한 금액은 갈취 수준이었다고 한다. 법에 따른 해결을 호언하고는 집에 돌아와 결백을 입증할 증거 자료를 뒤적였다. 블랙박스에 꽂힌 메모리를 꺼내 컴퓨터에 연결했다. 그러나 마이크로SD는 텅텅 비어있었다.

그는 내게 자신의 과실 여부를 물었으나 나는 한문철 변호사가 아니다. 영상을 보지 않은 이상 그 무엇도 판단하기 어려웠다. 잘 해결되리라는 격려밖에 할 수 있는 말이 없었다. 대신 운행을 마친 후 중고차를 살 때 함께 실려 왔다는 블랙박스를 살폈다. 연식도 연식이지만,

혹사당할 수밖에 없는 환경이었다. 짧은 시간 운전했는데도 핫팩처럼 뜨거워져 있었다. 아니나 다를까 초고화질 녹화로 설정되어 있었다. 시동을 끈 이후로도 내내 전방을 살피도록 세팅되어 쉴 틈이 없었다. 게다가 밤에도 30도 아래로 떨어지지 않는 무적의 한여름이었다. 메모리 카드는 에어프라이어에 들어간 것처럼 블랙박스 안에서 서서히 구워졌을 것이다. 새로 교체했다는 마이크로 SD도 그다지 수명이 길어 보이진 않았다. 나는 당장 블랙박스를 교체하고, 가끔씩 전원을 내려 냉각될 시간을 마련해주라고 이야기했다. 아울러 차 안에 보조배터리와 손풍기를 두고 내리지 말라고도 덧붙였다. 문이 닫힌 채 햇빛에 달궈진 차의 내부 온도는 70도 이상으로 치솟는다. 보조 배터리와 휴대용 전열 기구에 실린 배터리는 잠재적 폭탄이 된다. 문을 조금 열어 두면 온도 상승폭이 훨씬 적지만, 시간에 쫓기는 배송 기사에게 환기까지 생각할 겨를은 없을 테다.

운행을 마치고도 한참을 이야기를 나누는 사이 밤은 점점 깊어갔다. 그는 발밑에 두었던 짐과 어느새 지갑에서 꺼내 둔 대리비 2만 3천 원을 만지작거렸다.

"기사님, 햄버거 좋아하세요? 저 때문에 시간 많이 뺏긴 것 같은데 이거라도…. 아까 선배들이 혼자 산다고 햄버거를 잔뜩 사서 쥐여 줬거든요."

손사래를 치며 사양했지만, 그는 결국 햄버거 보따리를 내 품에 안겨주고 내렸다. 청년의 집은 다세대 주택이 빼곡하게 들어선 독산동 어딘가였다. 나는 운전석에 대리비를 다시 몰래 올려 두고 차에서 내렸다. 마침 배가 고팠는데 잘 먹겠다면서 능청맞은 척 차 키를 건넸다. 미로 같은 골목을 빠져나오던 길 위에서 이미 찌그러진 햄버거를 한 입 베어 물었다. 목에 걸려있던 넥풍기의 전원은 어느새 꺼져 있었다.

CHAPTER 11

사랑하기 좋은 계절,
미워하기 좋은 날

BMW X5 · 렉서스 IS

회사에 재직할 때만 해도 반대 입장이었다. 차를 타고 출퇴근을 하던 터라 술을 마신 미팅이나 약속이 끝나면 어김없이 대리 기사와 함께 귀가했다. 불과 몇 년 뒤 내가 대리 기사가 되리라곤 생각도 못 하고 천진난만한 질문을 던진 기억이 난다. 참 꼴 보기 싫은 손님의 전형이었던 것 같다. 당시 내가 했던 질문을 대리 기사가 된 후 손님에게 들었을 때 대체로 나의 자존감은 썰려 나갔으니까. 제일 듣기 싫었던 말은 "나도 알바 삼아 대리나 해볼까"였다. 퇴근 후 허무하게 시간을 보내느니 용돈 벌이라도 하면 좋지 않겠냐는 알량한 부연이 이어졌다. 누구에겐 생업이 달린 문제를 '체험 삶의 현장 정도'의 시선으로 대하다니. 다행히도 나는 그 정도의 무례를 저지른 적은 없었다.

이제 와서야 동병상련을 느낀 것일까. 대리운전을 하면서 그동안 만났던 대리 기사가 이따금씩 생각나기도 했다. 가장 재미있었던 사람은 쉰 언저리의 남자였다. 늦은 밤까지 꽉 막히는 올림픽대로 덕분에 일에 관한 이야기를 꽤 길게 들었다. 그는 계약직 프리랜서처럼 일했다. 평소엔 여느 대리 기사처럼 일거리를 잡지만, VIP에게 전화가 오면 다른 콜을 제쳐두고 그의 전속 기사가 된다고 했다. 즉, VIP가 며칠 몇 시쯤 술자리를 끝낼 것 같다고 연락하면 해당 장소 근처에서 대기하고 있다가 그의 차를 대신 몰아준다는 말이었다. 다른 기사들이 절대 잡지 않을 만큼 낮은 가격으로 콜을 부르면 기사가 이를 수락해 보험 문제를 해결한다. 대신 진짜 품삯은 주행이 종료된 후 현금으로 지급한다고 했다. 팁을 명목으로 건네는 돈인 데다 액수는 매번 달랐지만, 모두 일일 수익을 훌쩍 웃도는 금액이었다. 개인 사이에 직접 오가는 돈이라서 대리운전 중개 업체에 수수료를 뜯기지도 않는다. 기사는 그가 매일 술을 마시면 좋겠다고 했다.

VIP는 유명한 남자 배우다. 사생활 노출에 극도로 예민하다는 그는 어느 날 우연히 만난 대리 기사가 믿을 만한 인물이라고 생각한 모양이다. 대리운전은 매번 다른 기사가 배정된다. 사회에서 얼굴이 잘 알려진 사람이라면 불편할 수도 있는 시스템이다. 누구와 술을 마셨는지, 집은 어딘지, 어떤 차를 타는지 여기저기 노출하고 싶지 않아 나름대로 고안해낸 방편인 듯했다. 그렇게 전담 대리 기사가 된 지 2년이 되어간다고 했다. 그는 다 상호 간의 신뢰를 바탕으로 하는 일 아니겠냐며 너털웃음을 쳤다. 그런데 그 신용 만점 기사는 올림픽대로 위에서 오늘 처음 만난 손님에게 비밀을 탈탈 털어놓고 있었다.

아직 연예인 손님을 만난 적은 없다. '과거에 인터뷰했던 셀럽이라도 만나면 어떡하지? 그때 담당 기자였는데, 혹시 기억하냐고 말을 붙여야 하나?' VIP가 쥐여준다는 현금을 생각하면서 내심 연예인을 만났으면 좋겠다는 망상에 빠지기도 했지만, 철저하게 부질없었다. 단, 고정 손님은 아니어도 팁 줄 손님을 만날 확률을 조금이나마 높이는 방법을 터득하긴 했다. 나의 VIP는 소개팅을 갓 마친 청춘 남녀였다.

연남동, 서래마을 등지에서 울리는 콜을 잡는 순간 그들을 만날 가능성이 커진다. 특히 한남동 UN빌리지 깊숙한 곳에 있는 레스토랑이라면 확률은 50퍼센트 이상. 소개팅 상대를 기다리게 하고 싶지 않은 다정한 마음 덕분인지 가격은 언제나 높은 편이다. 그런데도 오르막길을 돌파하고, 한참이나 걸어 들어가야 하는 탓에 다른 기사들은 잘 잡지 않았다. 보너스가 있을 수도 있는데, 경쟁자까지 없는 무주공산. 일거리가 마땅치 않은 날에 UN빌리지 앞에서 진을 치고 기다리면 최소한 허탕을 치지는 않았다.

손님을 만나러 가는 길 내내 마음속으로 염원했다. '제발 2차 갑시다. 딱 한 잔만 더 해.' 와인을 곁들였을 식사를 마치고 2차 술자리로 옮기는 남녀라면 팁을 줄 확률은 더 오른다. 이럴 경우 운행 절차도 간단하다. 레스토랑에 도착하면 발레파킹 요원이 귀신같이 대리 기사를 알아본다. 키를 전달받아 주차장에서 차를 빼 둔 채 단정한 자세로 기다린다. 식사를 마친 남녀가 나오면 여자가 오를 뒷자리의 문을 열어주며 마중한다. '쇼퍼 드리븐'의 정석대로 절대 2500RPM을 넘기지 않도록 조용히 주행하고, 피겨 선수처럼 우아한 곡선을 그리며 코너를 돈다. 브레이크 사용도 최소한으로 줄인다. 어쩔 수 없이 신호가 걸릴 때면 슬며시 브레이크 페달을 밟아 한 차례 속도를 죽인 후, 다시 부드럽게 제동하여 차를 멈춰 세운다. 뒷좌석에 앉은 남녀가 어떤 방해도 없이 화기애애하게 이야기를 나눌 분위기가 조성된다. 부가적인 수입을 얻을 확률은 드디어 100퍼센트에 맞닿는다. 운행을 마치고 나면 남자 손님은 여자 앞에서 보란 듯이 팁을 얹어 준다. 거절하는 시늉은 딱 한 번만 한다.

그러나 투자에는 불확실성이 따른다. 맞선이 잘 풀리지 않은 손님을 만나면 종종 그다지 달갑지 않은 꼴을 보기도 한다. 역시 소개팅 성지인 서래마을에서 성북동으로 가는 콜이었다. 남자는 아주 매너 있는 태도로 서래마을 바로 옆 동네에 여자를 내려주고 갈 수 있냐고 물었다. 경유로 인한 추가금이 붙어야 하지만, 소개팅으로 인한 효과를 기대하며 흔쾌히 승낙했다. 의미 없고 건조한 대화만 오갔으나 둘은 오늘 소개팅을 한 사이가 확실했다. 하지만 여자가 하차하고, 그녀가 시야에서 사라지자마자 남자의 태도는 급변했다. 앞좌석 시트를 걷어차며 욕설을 내뱉었다. 주먹으로 문짝을 부수기라도 할 듯이 마구 두들겼다. 위협을 느낀 나는 잠시 차를 세워 주행에 무슨 문제라도 있는지 물었다. 그는 신경질적으로

"신경 끄고, 가요 그냥"이라고 대답했다. 남자는 집에 도착할 때까지 씩씩댔다. 화를 낸 이유는 도통 알 수 없었지만, 만남에 문제가 있었던 건 분명했다. 자기 뜻대로 상황이 흘러가지 않은 듯했다. 남자 손님과의 자리를 일찌감치 1차에서 끝낸 여자는 그날 인생 최고의 선택을 한 걸지도 모른다. 현금 결제를 선택했던 그는 스스로 호가했던 대리비를 센터 콘솔에 올려 두며 중얼댔다.

"뭐 이리 비싸."

소개팅 결과는 승차 후 첫 전화 상대가 누구인지에 따라서도 짐작할 수 있었다. 남자를 기준으로, 상대에게 호감이 가면 대개 먼저 전화를 걸어 다음 약속을 잡으려고 했다. 반면 남녀를 가리지 않고 소개팅 상대가 못마땅하면 주선자에게 먼저 전화를 했다. UN빌리지에서 당산으로 가던 여자 손님은 친구인 듯한 주선자에게 "야 이년아"로 첫마디를 던지더니 줄곧 험담을 이어갔다.

"나 배 나온 애들 진짜 싫어. 그리고 되도 않는 수염은 또 뭔데? 아, 걔한테 전화 들어오네. 어쩔 거야 이거."

나는 숨을 들이마셔 조용히 배를 집어넣고, 재킷의 깃을 세워 슬그머니 수염을 가렸다. 한남동에서 당산이 그렇게 먼 줄은 그때 처음 알았다. 여자를 떠나보내며 아쉬운 표정을 숨기지 못했던 순진한 '소개팅남'의 얼굴이 자꾸만 떠올랐다. 통화가 되지 않자 그는 기어코 카톡까지 남긴 듯했다. 남자는 그날 인생 최악의 선택을 한 걸지도 모른다. 여자는 이렇게 말하며 주선자와의 통화를 마무리 지었다.

"술은 왜 쳐 마시자고 해가지고. 대리비만 날렸잖아!"

더 이상은 '아깝게 날린 돈'의 수혜자가 되기 싫었다. 요행을 노린 대가를 맵싸하게 치르고 나면 열심히 좋았던 팁 일이만원이 그다지 대수롭게 보이지도 않았다. 두 남녀를 만난 이후 소개팅이 꽃피는 동네를 기웃거리는 일은 끊었다. 그들을 다시 만날 확률은 0퍼센트에 가깝겠으나 어쩐지 실패한 구애 현장을 이제는 마주하고 싶지 않았다. UN빌리지의 그 레스토랑에선 매일같이 대리기사를 찾는 콜이 올라왔다. 금액은 여느 때처럼 좋았지만, 콜을 잡는 사람은 없었다.

CHAPTER 12

제네시스 가라사대

제네시스 GV80 · G90

첫 직장이었던 자동차 전문지에서 일하던 시절이었다. 콘텐츠 노출을 다변화해야 한다며 매거진에 실린 기사를 온라인 플랫폼에 맞춰 가공해 업로드 하라는 지시가 내려왔다. 별 효용이 없어 보였고, 귀찮기만 한 일이었지만 신입의 미덕은 군소리 없이 업무에 착수하는 태도 아닌가. 야근까지 해가며 몇몇 기사를 올려놓곤 가뿐한 마음으로 사무실을 나섰다.

다음 날, 업로드 해 둔 기사 중 현대차를 다룬 기사가 네이버의 '픽'을 받아 메인에 올라 있었다. 흔한 일은 아니다. 월간지 매체의 기사는 시의성에서 뒤처지기 때문에 온라인 매체에서 작성한 글이 선택을 받는 경우가 대부분이니까. 지금 생각해보면 참 별것도 아닌 일이지만 당시 나는 입봉한 지 두 달도 채 되지 않은 코흘리개였다. 내가 쓴 기사가 네이버에 올랐다는 사실은 사회적으로 유의미한 일을 하고 있다는 자찬으로 이어졌다. 이렇게 빨리 '네임드 저널리스트'로 성장할 줄은 몰랐다며 스스로 감복했다.

그러나 기쁨은 잠시였다. 스크롤을 내려 댓글 창

을 띄우자 무간지옥이 펼쳐졌다. 긍정적인 코멘트는 별로 없었다. "그만 빨아라, 닳겠다." "기레기 수준 ㅉㅉ"처럼 비아냥과 비난으로 도배되어 있었다. 가장 복장 터지게 만드는 댓글은 "돈 받았네"였다. 국밥이라도 한 사발 얻어먹고 썼다면 억울하지나 않았을 텐데. 게다가 일개 신입 기자에게 광고성 기사 작성을 시켰을 리도 만무했다. 하지만 글쓴이의 이름이 실리는 '바이라인'에 경력 따위는 기재되지 않는다. 독자에겐 자동차 산업에 기생하는 기레기 중 하나로 보였을 것이다. 이후로도 비슷한 일이 몇 번 더 있었다. 쉐보레, 르노삼성 등 국산 차를 다루는 기사는 관심을 넘어 과열되는 사례가 태반이었다. 특히 현대와 기아차에 대해 호의적인 뉘앙스로 평가라도 하면 전국 팔도의 쌍욕이 푸짐하게 쏟아졌다.

약 6년이 지난 지금, 현대차를 긍정적으로 바라보는 기사에서 조롱 조의 댓글은 부쩍 줄었다. 도리어 응원 섞인 글이 심심치 않게 눈에 띌 정도다. 신차에서 결함이 발견되었다거나 부정적인 사건이 터지면 비판성 댓글이 달리기는 해도 거의 다 건전하고 생산적인 의견

개진으로 볼 만한 것들이다. 그놈의 '댓글 문화'가 훌쩍 성숙해 버린 걸까? 앞뒤 제쳐두고 현대차라면 물어뜯고 봤던 '현까'가 하루아침에 일동 회개라도 한 걸까? 나는 현대차가 여론을 돌리는 데 소정의 성공을 거두었다고 믿는다. 고성능 디비전 'N'을 출범했고, 팰리세이드나 캐스퍼처럼 모델 군을 확장하는 신차를 부지런히 개발하며 포트폴리오를 다졌다. 소수 차종을 제외하면 대중의 반응은 대체로 좋았다. 그중에서도 여론을 엎어 치는데 가장 큰 역할을 한 것은 2015년 별도의 브랜드로 독립한 제네시스라고 생각한다. 제네시스는 지금까지 국산 차가 한 번도 점유해본 적 없는 위치에 기어코 도달했다. 그들의 성취를 지켜보고 있자면 문득 동료 자동차 기자가 했던 실없는 소리가 떠오르곤 했다.

　　"한국인만큼 한국 제품을 싫어하는 사람들도 없을 거야. 그래서 이 세 브랜드의 성공은 아무리 생각해도 미스터리다. 정관장, 갤럭시, 그리고 제네시스 말이야."

진짜 부자는 제네시스를 탄다는 말이 있다. 반은 맞고, 반은 틀리다. G90을 예로 들면 이것저것 선택 사양을 붙이는 사이 어느새 가격은 1억을 우습게 뛰어넘는다. 부자가 아니라면 엄두도 못 낼 금액이다. 반면 반드시 국산을 타야 하는 고관대작의 가마 역할을 하고, 기업 임원을 위한 법인용으로 상당량 팔려나가는 차 역시 제네시스다. 함정은 그들이 몇 대의 수입차를 더 갖고 있을지 알 길이 없다는 데 있다. 출퇴근할 땐 제네시스를 타다가 주말엔 벤츠를 끌고 골프장으로 떠난다면 제네시스가 '찐부자'의 차라고 할 수 있을까? 그러나 아이러니하게도 이런 복잡미묘한 정체성은 제네시스가 짧은 시간 안에 성공하는 데 작지 않은 역할을 한 듯하다. 성공한 경영인이자 '메이드 인 코리아'를 애용하는 모범 지도층. 동시에 1억이라는 거금을 도로에서 굴릴 물건에 흔쾌히 할애할 수 있다는 무언의 메시지. 그 접점에 절묘하게 걸친 제네시스는 한국 자본주의에 내재한 욕망 그 자체일지도 모른다.

대리운전을 하면서 제네시스를 모는 대감마님을

만난 적은 한 번도 없다. 어찌 보면 당연한 일이다. 그들은 기사를 두기 때문에 직접 운전대를 잡지 않는다. 대기업 임원급 인사도 매한가지. 설령 대리운전을 부를 일이 있다고 해도 나 같은 장돌뱅이 기사가 그들을 마주할 일은 없다. 기업과 대리운전 업체가 직접 맺은 계약에 따라 경력과 신원이 보장되는 전문 기사에게 일거리가 돌아간다. 내가 접한 제네시스의 차주는 모두 대감마님이 아닌 '우리 주변에 있을 법한 사람들'이었고, 하필 몇몇은 우스우면서도 괴괴한 에피소드를 남겼다.

신촌에서 목동으로 향하는 GV80의 차주는 도무지 직업을 짐작하기 어려웠다. 동그란 뿔테 안경을 쓰고 수염을 기른 얼굴이 공산주의 혁명가 트로츠키와 비슷했다. 말투는 교양에 사활을 건 지식인처럼 나긋나긋했다. 그는 하이든의 '트럼펫 협주곡 3악장'을 재생했다. 조용하던 남자는 갑자기 김 서린 유리창에 무언가를 쓰기 시작했다. 손가락이 트럼펫 소리에 맞춰 오두방정을 떨었다. 음악적 시상이었는지 건축 도면이었는지 분명치 않았지만, 그는 이내 아이패드에 무언가를 분주히 그렸다. 영감의 기록이 끝나자 패드를 다시 집어넣더니 곧장 음악을 바꿨다.

"여기 숨 쉬는 이 시간은 나를 어디로 데려갈까."

하이든이 연주되던 차 안에서 별안간 룰라의 '3! 4!'가 흘러나왔다.

그의 기행은 아파트 주차장에 도착해서도 멈추지 않았다. 빈자리가 많은데도 굳이 운전석 쪽이 벽으로 막힌 자리에 차를 대라고 했다. 후진만 하면 주차가 끝나는 상황이었다. 이제 됐다며 차에서 내리라고 하더니 자신도 하차해 대뜸 스마트키를 꺼내 들었다. 그는 우아하게 버튼을 눌러 원격 무인 주차를 했다. 이미 다른 시승차를 통해 수없이 접한 기능이었지만, 나는 처음 보는 광경인 양 손뼉을 치고 표정 연기까지 서비스했다. '목동 트로츠키'는 신기술 시연을 마치고 나서야 3만원을 내주며 나머지는 가지라고 선심 쓰듯 말했다. 대리비는 2만8천원이었다.

여름에 만난 제네시스 G90의 차주는 50대 여자였다. 신사동에서 약속을 마치고 홍대입구로 귀가하려는 듯했다. 그의 피곤한 수다는 출발하기 전부터 시작됐다. 오늘 갖은 모임의 목적, 가족 관계, 심지어 30여 년 전에 했을 대학 전공까지 말했다. 주제는 각각 달랐어도 모든 이야기의 결론은 하나같이 재산의 과시였다. 넌지시 어깃장을 놓고 싶은 마음이 들었다. 엄청난 재력인데 어째서 더 비싼 독일산 대형 세단을 타지 않는지 물었다. 그는 이 질문을 기다렸다는 듯 말했다.

"이 차 저 차 타봤는데, 다 거기서 거기더라. 벤츠 아래는 뭐야?"

도통 이해할 수 없는 질문이었다. 요지를 파악하지 못해 어물대는 사이 그가 다시 대화의 주도권을 가로챘다.

"자기야. 벤츠는 그냥 벤츠야. 그런데 제네시스

는 현대 위에 있잖아. 그래서 특별한 거야."

　돈 많은 푼수인 줄로만 알았던 여자가 그때부터 달라 보였다. 현대와 제네시스 간의 층위 때문에 만족감을 얻는다는 발상은 신개념 계급론처럼 느껴졌다. 이후 차량 관리와 정비의 용이성 등 국산 차의 이점 역시 줄줄이 나열했지만, 모두 공허하게 들렸다. 홍대입구 중심가에 이르자 거리를 메운 행인 때문에 차가 좀처럼 앞으로 나아가지 못했다. 그는 짜증 섞인 목소리로 말했다.

　"홍대 거지새끼들 정말. 저기 앞에 보이는 빌딩 있지? 저기 옥외 주차장에 대. 내 건물이라 아무 데나 주차해도 괜찮아."

　나는 안전하게 사모님을 모셔드린 후 작별 인사를 올렸다. 그리곤 여느 홍대 거지새끼들처럼 지하철역까지 뚜벅뚜벅 걸었다. 그날의 별난 경험을 근거로 동일한 모델을 타는 타인까지 유형화한다면 어불성설이다.

하지만 차의 진가보단 부수적인 가치에 함몰되어 있던 극소수가 은연중 보인 태도는 마침 계층 추락을 체감 중이던 나의 머릿속에서 쉽게 떠나지 않았다. 제네시스는 좋은 차다. 국내 지형과 이 사회의 구성원들 기호에 가장 최적화된 자동차가 제네시스다. 다만 사물의 가치는 사용자에 의해 결정되기도 한다. 나는 제네시스가 그들에게 지나치게 훌륭한 차였으면 좋겠다고 생각하며 지하철에 올랐다. 열차는 우르르 밀려들어 온 홍대 거지새끼들로 인해 만원이었다.

CHAPTER 13

우리집을 부탁해

현대 i40 · 폭스바겐 골프

자동차 기자가 되자마자 가장 먼저 배운 것은 어휘였다. 일상에서 사용하는 자동차 용어와 기사에서 구사해야 하는 단어 사이엔 적지 않은 간극이 있다. 그동안 알고 있던 명칭은 일본어에서 유래하거나 타당한 이유 없이 결합한 합성어가 대부분이었다. 물론 기자들도 일상에선 근본 없는 엉터리 용어를 사용한다. 그래도 최소한의 저널리스트 자의식이 있는 사람이라면, 공공성이 보장되어야 하는 기사라면, 오류 없는 단어를 사용하는 게 기본이었다.

자동차 전문지에서의 사수는 '뺀질이'로 유명했다. 하지만 업무에 관해선 평소 품행과 어울리지 않게 정석 타령을 했다. 자동차 공학을 전공했다는 엘리트 의식까지 갖춰 틀린 공학적 정보와 설명에 매우 예민했다. 그는 내가 원고를 제출할 때마다 "웃음거리 되고 싶지 않으면 단어부터 새로 배워"라며 가차 없이 원고를 뜯어고쳤다. 썬팅은 틴팅으로, 기어봉은 기어 레버로 대체했다. 핸들과 다시방은 각각 스티어링 휠과 글로브 박스로 수정됐다.

그러나 명백히 틀린 단어를 교정하는 과정을 거치자 이내 사회에서 통용되는 자동차 관련 어휘에 대한 자체 검열이 시작됐다. 지금 생각해보면 참 순진하고도 시건방진 태도다. 글 쓰는 일이 무슨 엄청난 활동이라고, 자신은 얼마나 오류에서 자유로울 수 있다고, 경력 1년도 안 된 초보 주제에 사람들이 내뱉는 말을 추적하며 속으로 단어의 적절성을 따져보곤 했다. 그 중에선 '자동차 실내'라는 표현이 유독 마음에 들지 않았다. 분명 틀린 말은 아니었으나 자동차보단 건축물에나 어울릴 법한 표현 같았다. 실내라고 말하는 사람을 만날 때마다 '내부'라고 하자고 권유하고 싶었다. 공간을 안과 밖으로 나눌 수 있는 개념의 대상이라면 어디에도 적용할 수 있는 낱말처럼 보였으니까. 적확한 단어가 있는데도 '핀트가 나간' 용어를 사용하는 세상에 괜한 저항 의지가 발동했다. 기사에서도 '자동차 실내'라는 표현을 기어이 한 번도 쓰지 않았다. 하지만 지금은 그 어휘의 적절성에 매우 동의한다. 대리운전을 하며 만난 사람 대다수가 차를 주거의 연장으로 여기는 듯했기 때문이다.

기온이 뚝 떨어진 계절이었다. 이른 겨울 추위에 호빵 찜기처럼 입김이 흘러나왔다. 한 장소에 오랫동안 고립되어 체감 온도는 더 쌀쌀했다. 장안평은 나 같은 대리 기사에겐 지옥 같은 곳이다. 콜이 생각보다 많지 않고, 그나마도 중랑구나 노원구 혹은 구리나 남양주 같은 동북부 위성 도시로 향하는 요청이 대부분이다. 자칫하면 집에서 점점 멀어져 끝없는 유랑이 펼쳐진다. 심야 버스에 희망을 걸어보려는 순간 등촌동으로 향하는 장거리 콜이 반짝거렸다. 서울을 가로지르는 장거리 주행이자 집이 있는 구로구와 그리 멀지 않은 호출. 오늘도 이렇게 어떻게든 수습될 모양이었다. 콧김을 뿜어내며 손님을 찾아 신나게 달렸다.

고객은 현대 i40 세단이라는 메모를 남겼다. 워낙 희귀한 천연기념물 급 차종이라서 찾기도 쉬웠다. 인사를 건네며 차 문을 열자 손님의 목소리보다 이상한 소리가 먼저 들렸다. 커피포트에서 물이 보글보글 끓고 있었고, 손님은 컵라면 스프를 부스럭부스럭 흔들고 있었다. 그는 이렇게 빨리 올 줄 몰랐다는 듯한 표정을 짓더니 뚱

딴지같은 말을 꺼냈다.

　　"라면 하나 먹고 가도 되겠죠?"

　　정작 당황해야 할 사람은 나였다. 차에서 컵라면을 끓여 먹는 사람이 있다니. 그리고 차량용 커피포트라는 물건이 세상에 존재하다니. 역시 현실을 뛰어넘는 픽션은 없다며 감탄하고 있을 무렵 그가 한마디 보탰다.

　　"시간 괜찮으시면 기사님도 같이 하나 하시죠. 컵라면으로 하실래요, 뽀글이로 하실래요?"

　　냄새만 맡으니 나도 한 사발 함께 하기로 했다. 어쨌든 그의 신성한 컵라면 타임을 보장해줘야 할 것 같았으니까. 편의점에서 방금 사 온 라면인 줄 알았으나 식량의 출처는 트렁크였다. 물과 라면, 끓는 물을 부어 조리하는 전투식량을 비롯해 각종 생필품이 가득했다. '차박'을 할 만한 SUV나 왜건이 아니기에 오토 캠핑장에 자주 다니는지 물었다. 그는 국물을 먼저 한 모금 홀짝이면서 고개를 저었다.

"영업직이거든요. 여기저기 돌아다니다 보니까 집보다 차에서 보내는 시간이 더 많더라고요. 지방 가면 편의점 찾는 것도 일이에요. 그런 곳 가면 24시간 안 하는 편의점도 많아요. 뭐, 남들 드나드는 데서 밥 먹는 게 언제부턴가 불편하기도 했고."

영업 사원이라 매너가 몸에 뱄는지 모르겠지만, 라면을 함께한 남자는 꽤 호인이었다. 컵라면 한 사발을 뚝딱하고는 글로브 박스에서 껌 봉지를 주섬주섬 꺼내 내게도 권했다. 이어 집에 놀러 온 손님과 수다를 떨 듯 이런저런 이야기를 늘어놓았다.

반대로 차를 집처럼 생각하는 사람이 그와는 달리 무례하다면 정반대의 상황이 벌어진다. 자의로 대리 기사를 불러 놓고, 자신의 영역을 타인에게 침범당하고 있다는 듯한 반응을 좀처럼 숨기지 못한다. 비가 쏟아지는 장마철에 대학로의 한 소극장 앞에서 호출한 손님은 많아 봐야 내 또래로 보이는 남자였다. 우산을 접어 차에 오르기가 무섭게 그는 비닐봉지를 들이밀었다.

"바닥 적시지 말고 우산 여기에 넣어요."

안방에 젖은 우산을 흔들며 들어가는 현장을 목격이라도 한 것처럼 신경질적으로 말했다. 인사 대신 시작한 고압적인 지시는 이후로도 계속됐다. 손을 내밀어 보라더니 손 소독제를 5번이나 펌프질하며 말했다.

"우리 이거 해야 하잖아요. 맞죠?"

청결 확보는 대리 기사의 의무라서 할 말은 없었으나 5번이나 알코올 젤을 짜내는 모습은 병원체 숙주를 마주한 사람 같았다. '이거 봐요, 저는 고객을 만나기 직전에 반드시 손 소독을 합니다'라고 대꾸하고 싶었지만 쓸데없이 에너지 소모를 하고 싶진 않았다. 무엇보다 차

안에 비치된 싸구려 방향제의 역한 냄새가 마스크까지 뚫고 들어와 입을 벌리고 싶지도 않았다.

그는 극단에서 일하는 스텝 같았다. 영화와 연극을 오가는 유명한 중견 배우를 선배라고 칭하며 업계 동료로 추정되는 누군가와 통화를 했다. 그 배우를 비롯해 여러 스텝과의 회식을 끝내고 다른 술자리로 향하던 중인 듯했다. 남자는 다른 사람이 있는 곳에선 잘 꺼내 놓지 않을 비밀스러운 이야기까지 해댔다. 오늘 술자리를 함께한 이성과 잠자리를 가지려 갖은 수를 썼지만, 결국 실패했다는 저열한 내용이었다. 위생은 온갖 비속어와 욕설을 내뱉던 그의 언어에도 필요해 보였다. 청결을 강조하던 그의 입은 어느새 마스크를 두르지 않고 있었다. 나는 그가 고의로 대리기사를 하대했다고 생각하지 않는다. 어떤 짓을 해도 타인의 간섭을 받지 않는 집에서처럼 사회성이라는 꺼풀을 훌훌 털어내고 서슴없이 행동했을 뿐이었으리라고 추측한다. 다만 자아의 밑천이 겨우 그 정도라면 집에서도 차에서도 영원히 혼자 지내길 바라며 경리단길에서 그를 떠나보냈다.

    대리운전을 하면서 주변 사람들의 집과 차를 유심히 관찰하는 습관이 생겼다. 차내에 양키캔들 방향제가 있으면 집에서도 어김없이 양키캔들 향초가 타들어가고 있었다. 집이 정신없으면 자동차 내부도 정글이었다. 얼마 전 첫차를 마련한 친구에게서 연락이 왔다. 별다른 살림살이가 없는데도 침대만큼은 각종 쿠션과 끌어안고 잘 인형으로 빽빽하게 채워 놓고 사는 노총각. 출근 전 커피라도 하자며 자랑삼아 끌고 온 새 차를 살폈다. 그의 자동차 '실내'에 구비된 차량용 목베개와 쿠션을 보자마자 웃음이 피식 흘러나왔다.

CHAPTER 14

이 밤의 끝을 잡고

기아 카니발 · 기아 레이

처음으로 배정된 차는 카니발이었다. 더 육중한 차도 몰아본 경험이 많아 자동차 크기가 문제는 아니었다. 하지만 대리 기사로 전업한 후 첫 거래 상대로서 만취한 손님만큼은 부담스러웠다. 마포에서 만난 그는 얼마나 과음을 했는지 이미 혀가 꼬일 대로 꼬여 알아들을 수 없는 말을 되풀이했다. 오늘 처음 일을 시작한 수습사원 같은 마음이었던 나는 무슨 뜻인지 상냥하게 되물었다. 그는 대답 대신 트림을 하며 손짓을 했다. 초점 없이 흔들리는 손가락 끝은 하이패스를 가리켰다. '나는 잘 테니 고속도로로 빨리 달리자. 그러니까 깨우지 마'라는 의미 같았다. 대리 기사와 함께하는 귀갓길이 꽤 익숙해 보이는 제스처였다. 그는 앞 좌석 뒷면에 설치해 둔 거치대에 스마트폰을 끼워 두곤 주식 투자 분석 방송을 틀었다. 물론 5분이 채 지나지 않아 잠이 들었고, 자동차 안은 '2차 전지 관련주'에 관해 떠드는 진행자의 목소리만 울리고 있었다.

종착지는 수도권 신도시의 아파트였다. 첫 주행을 성공적으로 마친 자신을 대견해하며 개선장군처럼 단지 입구로 들어섰다. 손님에겐 밝은 목소리로 도착했다는 소식을 알렸다. 하지만 대답은커녕 부스럭거리는 소리도 나지 않았다. 뒤를 돌아보자 그는 의자에서 흘러내릴 듯한 자세로 깊은 잠에 빠져 있었다. 머리가 복잡해지기 시작했다. 돈 벌 생각에 마음만 앞서 술에 곯아떨어진 손님을 만났을 때 어떻게 대처할지 생각해 둔 바가 없었다. 일단 주차장 아무 곳에나 차를 대놓았다. 아까보다 큰 소리로 부르고, 이리저리 흔들어 보기도 했다. 아무 반응이 없었다. '어떻게 깨울 것인가'가 관건이지만, '어떻게 선을 넘지 않을 것인가'도 중요한 문제였다. 손님 얼굴에 물을 뿌릴 수도, 귀에 대고 소리를 지를 수도 없는 노릇이었다.

우왕좌왕하는 사이 10여 분이 흘렀다. 머릿속에 떠오르는 유일한 해결책은 경비원에게 도움을 청하는 것이었다. 차량 번호가 등록된 입주 가정에 연락해 남자를 데려가라고 말하는 방법이었다. 경비실은 대체 어디인지, 시간은 또 얼마나 소요될지 앞이 컴컴했다. 혼란에 빠져 전신이 굳어갈 무렵 갑자기 주식 방송이 꺼지며 전화벨이 울렸다. 발신자는 손님의 배우자였다. 나는 전화를 받아 고자질하듯 자초지종을 설명했다.

"대리운전 기사입니다. 아파트 주차장인데요, 손님이 일어나질 않네요."

부인은 별로 대수롭지 않다는 어투로 상세한 위치를 묻고는 잠깐만 기다려 달라고 말했다. 곧 주차장으로 내려온 그녀의 얼굴은 무표정했다. 한두 번 겪는 일이 아닌 모양새였다. 내게 이만 돌아가도 좋다는 말하곤 가차 없이 차 문을 열었다. 부인이 뭐라고 말했는지 들리진 않았지만, 남편은 벌떡 일어나더니 귀양살이 끌려가는 대역죄인처럼 엘리베이터로 향했다.

이후 일을 하며 만난 대리 기사들에게 일어나지 않는 손님을 만났을 때 어떻게 하는지 묻고 다녔다. 마땅한 정답은 없었다. 한 기사는 손님이 기상할 때까지 경적을 울린다고 했다. 일단 경찰을 부르고 보는 게 가장 낫다는 조언도 들었다. 창문만 조금 열어 둔 채 다시 갈 길을 간다는 기사도 있었다. 손님이 자든 말든 목적지에 도착하면 대리 기사의 의무는 끝이라는 다소 위험한 발상이었다. 그나마 가장 영리해 보이는 방법은 온도 조절이었다. 겨울엔 에어컨을, 여름엔 히터를 도착 10분 전부터 최대한으로 틀어 두면 살고 싶어서라도 일어나더라며 효과를 보장했다. 사람 한 명 깨우는 게 이렇게 힘든 일이었나. 취하면 조용히 자는 습관이야말로 양반의 주사라던데, 시간이 밥줄인 대리 기사 입장에선 이보다 악랄한 술버릇도 없었다.

여자 손님의 경우 깨우기 전 유의해야 할 점이 더 많았다. 혹여라도 불미스러운 오해를 일으키지 않으려면 몸을 흔들어 깨우려는 시도는 애초에 생각도 말아야 한다. 결백하다는 증거 영상을 남긴답시고 깨우는 과정을 촬영했다간 다른 이유로 문제가 생길 것 같았다. 대리 기사들이 술에 취해 몸을 가누지 못한 손님을 찍어 채팅방에서 돌려봤다가 사회적으로 공분을 산 일도 있었다. 이유를 떠나서 괜한 문제를 일으키고 싶지 않았다. 하루 벌어 하루 먹고사는 일용직의 삶에선 오해를 풀어나갈 여력도 없었다.

성수에서 출발해 홍제동으로 가자는 여자 손님은 동승석에 앉아 있었다. 내가 도착했을 땐 이미 반은 잠든 상태였다. 안전띠를 매달라고 청했지만 취기에 차단된 청각 때문에 무안한 혼잣말이 되어버렸다. 술은 역시 마실 때보다 마시고 난 이후가 문제다. 자동차가 달리는 동안 술기운이 점점 더 올라왔는지 그의 몸이 이리저리 비틀어졌다. 안전벨트에 고정되지 않은 손님의 상반신이 운전석 쪽으로 기울어졌다. 하필 차종은 좌석 사이가 협소한 경차 레이였다. 나는 고객의 머리가 팔뚝에 닿을 때마다 운전대를 우측으로 급히 꺾어 손 안 대고 자세를 바로잡아드렸다. 지금 생각해보면 필요 이상으로 과민한 반응이었지만, 나는 을이라는 피해 의식에 한참 사로잡혔을 때였다.

홍제동이 코 앞인데도 손님은 일어나지 않았다. 슬그머니 겁이 났다. 빨리 내려주지 못하면 하루 농사가 통째로 날아갈 위기였다. 서둘러 배운 대로 조치를 취했다. 에어컨 온도를 18도로 맞추고 풍향은 얼굴을 정면으로 조준했다. 아직 겨울이 아니라 덜 추웠는지 찬바람 공격은 아무 소용이 없었다. 엎친 데 덮친 격으로 손님은 목적지를 주민센터로 설정한 상황이었다. 도착 즈음에 집이 어딘지 설명하겠다는 그럴싸한 계획을 세웠겠지만, 그의 눈은 여전히 감겨 있었다. 골목길에 세워 두고 제발 일어나라는 염원을 담아 여기 저기서 주워들은 모든 방법을 동원했다. 그 사이 약 올리기라도 하듯 달콤한 콜이 수없이 울렸다. 시간만 속절없이 흘렀다.

나는 결국 경찰에 연락하기로 마음을 먹었다. 최후의 보루로 미뤄둔 대책이자 가장 피하고 싶었던 방법이었다. 대리운전을 불렀는데 깨어보니 경찰관이 눈앞에 있다면 기분이 유쾌할 것 같지는 않았기 때문이다. 혹여 분실물이 있다는 소리를 듣기라도 할까 스마트폰 라이트를 켜 그가 어떤 소지품이 지니고 있었는지 살폈다. 귓가에서 울리는 손뼉 소리에도 꿈쩍하지 않던 그가 별안간 움찔했다. 혹시 하는 마음으로 스마트폰을 눈에 대고 불빛을 깜빡여봤다. 드디어 눈꺼풀이 움직였다.

"여 어디야? 다 왔어요?"

그는 얼굴을 잔뜩 찌푸리면서 차에서 내렸다. 처음엔 무슨 일이 벌어지고 있는지 몰랐지만, 뒤도 돌아보지 않고 떠나는 손님의 뒷모습을 한참 동안 바라보고 나서야 상황이 이해됐다.

"손님, 이거 택시 아니에요. 대리 부르셨잖아요, 대리."

나는 비틀거리는 손님에게 다급히 달려가 다시 차에 타야 한다고 말했다. 뒤이어 제발 잠들지 말라고도 간청했다. 다행히 정신을 부여잡은 그는 집으로 가는 길을 기억해냈다. 30분이면 끝날 주행은 1시간을 채우고 나서야 겨우 마무리되었다.

피크 타임을 지난 서울은 조용했다. 부지런히 울리던 콜도 이미 전멸한 후였다. 한숨을 쉬며 '퇴근하기' 버튼을 눌렀다. 귀갓길에 편의점에 들러 막걸리 한 통을

집어 들었다. 나 역시 취하면 이내 잠에 빠지곤 하지만 그날은 마셔도 마셔도 어쩐지 잠이 오지 않았다. 다음 날 이른 아침, 어제 그 손님으로부터 문자 한 통이 와 있었다. 차 키가 어디 있는지 아느냐는 내용이었다. 그에게서 스마트키를 건네받은 적은 없었다. 나는 아무런 답장도 하지 않고 다시 깊은 잠을 청했다.

CHAPTER 15

가화만사성

쉐보레 올란도 · GM대우 윈스톰

사회로 나온 후 아버지와 크게 싸운 적이 두 번 있었다. 기대한 바의 정반대로만 커 왔지만, 뒤늦은 대학 입학을 하고 나선 제법 성실한 자식으로 전향해 서른 줄의 다툼은 낯설었다. 두 차례 갈등은 모두 직장 생활과 관련이 있었다. 이직한 지 얼마 지나지 않았을 때다. 뉴스에서 내 직장의 모회사에 관한 소식이 나오자 아버지가 말했다.

"너 다니는 곳에서 중공업 같은 다른 계열사로 옮길 수는 없냐?"

저의를 파악하기도 전에 화가 앞섰다. 인생에서 드디어 전성기를 맞이했다고 자찬하던 중이었는데, 아버지의 한 마디는 나를 시답잖은 '잡지 나부랭이' 정도로 규정하는 듯했다. 출퇴근 시간이 들쭉날쭉한 데다 귀때기엔 피어싱을 하고도 정규직 생활을 영위할 수 있는 직장을 그다지 건전하게 여기는 것 같지도 같지 않았다. 비록 나라 구하는 일은 아니어도 어쨌든 유의미한 일을 한다고 믿어주길 은근히 바랐던 것 같다.

　두 번째 갈등은 직장을 그만둔 이후였다. 아버지는 내게 공인중개사 시험을 칠 생각이 없냐고 물었다. 나의 커리어에 내리는 사망 선고 같았다. 여전히 앞날이 창창하다며 자신을 위로하던 중이라 더 억울했다. 대안도 없이 직장에서 나온 자식이 다른 조직에서 성공적으로 자리를 잡을 수 있겠냐는 의문이 내재한 것 같았다. 따지고 보면 근거 없는 고언도 아니었다. 그동안 보여온 모습이 큰 몫을 했을 테다. 어렵게 얻은 막내아들의 삶은 퇴장의 역사였다. 큰돈 들여 보낸 재수학원에서 싸움을 일으켜 하루아침에 뛰쳐나오고, 재수 끝에 들어간 대학에선 어느 날 갑자기 자퇴서를 던져버렸다. 군 복무 중 탈영하지 않은 게 기적이었다. 이제 좀 잠잠한가 싶더니 직장을 그만두고 다시 백수가 되어 돌아왔다. 아버지가 나를 반사회적인 사람으로 여길지도 모른다는 피해 의식은 솔직하고 이성적인 대화를 잠식해버렸다.

　그래도 나는 아버지와 대체로 사이가 좋다. 관계를 유지하는 바탕은 가족 관계를 초월하는 존경심이었다. 세 자식의 아버지로서 그가 그려온 궤적은 경이롭기까지 하다. 한 직장에서 평생을 일했고, 술과 담배는 물론 작은 사치 하나 모르고 성공에 투신했다. 가난이 모든 것을 규정하던 시대에 태어나 근면과 성실이 최고의 미덕인 시절을 거쳤다. 모범적인 1950년대 생의 표본 같은 사람이 나의 1촌이었다. 다만 불행인지 다행인지, 1980년대 생인 나는 전혀 다른 사람이었고, 완전히 다른 세상을 살았다. 확실하진 않지만, 인생의 어느 시점부터 아버지처럼 살 수 없다는 사실을 자각했다. 다시 말해, 그만큼 성공적인 삶을 이뤄내기 어렵겠다는 불안이 점점 누적됐다. 합리화는 참 편리하다. 이는 곧 아버지처럼 살기 싫다는 반발심으로 보기 좋게 포장됐으니까. 인정받고 싶다는 욕구와 꼴린 대로 살겠다는 마음이 뒤엉킨 채, 나는 서른을 맞이했다.

아버지는 내가 대리운전을 하는지 모른다. 유흥비 좀 벌어볼 목적으로 몰래 피자를 배달하는 청소년의 마음과는 다르다. 탈선은 제자리로 복귀가 가능한 일탈 행위에 지나지 않지만, 생계가 걸린 문제엔 계층이라는 추가적인 질문이 따른다. 장성한 아들의 사회적 계층이 몰락해버렸다는 현실을 아버지에게만큼은 절대 들키고 싶지 않았다. 운전대를 잡으며 다른 가정의 부자 관계를 간접적으로나마 접할 때면, 그래서 꼭꼭 숨겨두고 싶은 감정이 공개 처형당하는 기분이었다.

한겨울에 만난 아저씨가 사는 곳은 신림이었다. 서울시 관악구 신림동. 나는 그곳에서 태어났고, 학교도 모두 그 언저리에서 졸업했다. 지금은 옆 동네에 살아서 고향이라고 하기엔 조금 낯간지럽지만, 30년이나 산 곳이니 분명 의미 있는 지역이다. 손님이 사는 동네에 대해선 누구보다 잘 알고 있었다. 차 한 대 지나기 힘든 길 양옆으로 집이 늘어선 주택가. 폭설이 내렸다 하면 비탈진 빙판길이 시민들의 안전을 위협한다며 뉴스에 등장하는 동네다. 손님은 만나자마자 사과하기 바빴다. 험한 경로에 관한 예고가 아니라 엉뚱한 이야기를 꺼냈다.

"이거 냄새가 나서 어쩌죠. 추워서 문도 못 열겠고."

남자는 포장한 치킨 봉지를 들고 있었다. 2만원에 육박하는 '메이커 치킨'이 아니라 많이 쳐줘야 8천원쯤 줬을 법한 동네 튀김닭. 출발하자마자 그는 아들에게 전화를 걸었다. 아빠가 치킨을 샀으니 잠들지 말고 기다리라고 했다. 신림사거리 인근의 언덕길을 지나 한 다세대 주택 앞에 이르러 내비게이션이 목적 도착을 알렸다. 대문 앞에 중학생 정도로 보이는 아들이 나와 있었다. 골목 모퉁이에 차를 대자 아버지는 여전히 김이 모락모락 새어 나오는 치킨 봉지를 들고 아들에게 다가갔다. 그의 얼굴은 아무것도 바라는 바가 없었다. 단지 도란도란 앉아 오늘 있었던 일을 들으며 아들에게 닭 다리를 뜯어줄 시간이면 충분하다는 표정이었다. 나는 그 얼굴을 신림동 지리만큼이나 잘 안다. 월급을 탔다고, 진급을 했다고 시장에서 치킨을 튀겨 귀가하던 회사원, 내 아버지의 얼굴과 비슷했다.

　　아버지와 아들이 함께 탄 경우는 단 한 차례밖에 없었다. 등촌동에서의 호출이었다. 현장에 도착하자 깜빡이를 켜둔 차 두 대가 보였다. 하나는 억단위의 이탈리

아제 SUV였고, 다른 한 대는 연식이 찬 국산 SUV였다. 같은 자리에서 있었던 두 차주는 모두 대리 기사를 기다리고 있었다. 나를 부른 손님은 국산 차의 소유주였다. 친척 간의 모임이었는지, 친구들끼리 가진 술자리였는지, 초등학교 고학년 즈음의 아들을 대동해 참석한 듯했다. 거의 동시에 다른 차의 기사도 도착해 요란스러운 배기음을 내며 사라졌다. 소리가 더이상 들리지 않을 때쯤 아버지가 아들에게 조용히 말을 걸었다.

"우리 아들도 저런 차 타고 싶지 않아?"
"시끄러운 차 딱 싫어 아빠."

그 나이라면 싸고 비싼 것의 차이정도는 본능적으로 구별한다. 나도 그랬으니까. 가족끼리 놀러 갈 때마다 회사 법인 차였던 '각그랜저'를 가끔 빌려오던 아버지에게 10살이었던 나는 우리도 이런 차 좀 사면 안 되냐며 생떼를 부리곤 했다. 지하철로 출퇴근하는 아버지에게 그랜저를 요구하는 초등학생 아들이라니. 대리운전 중 만난 아이는 지금의 나보다 분명 성숙한 사람이었다. 아버지가 자식에게 미안해하는 마음을 나는 한 번이라도 헤아려 본 적이 있었던가. 30년 가까이 된 기억을 끄집어내는 사이 뒷좌석의 아들은 아빠에게 기댄 채 조용히 잠들었다.

다음날, 아버지에게 용돈을 조금 드렸다. 직장에서 나온 이래 드리지 못했던 돈이다. 그동안 얼마나 먼 산을 바라보며 이야기했는지 정면으로 바라본 아버지의 얼굴이 새삼 낯설었다. 다만 무슨 돈이냐며 웃는 표정은 퇴근길에 닭을 튀겨오던 옛날과 다르지 않았다. 고맙다고 말하던 아버지가 어쩐 일인지 몇 마디 더했다.

"이럴 때면 너한테 잘 못 해준 기억만 난다. 무슨 일을 하고 살아도 부끄러워하지 말아라. 떳떳하면 그걸로 된 거야"

그제야 생각이 났다. 아버지는 무엇 때문에 일을 그만뒀는지 한 번도 묻지 않았다. 당신처럼 살아야 한다

145

고 강요한 적도 없었다. 그놈의 공인중개사 시험 이야기를 왜 꺼냈는지 이해해보려고 하지도 않는 자식 앞에서 아버지는 자연스럽게 떠올랐을 의문마저 절제했다. 아버지는 내 나이에 나를 낳았다. 나는 아버지가 나를 낳은 나이에 겨우 어른이 되어가고 있었다.

CHAPTER 16

학벌 유감

토요타 캠리

아마 이 나라에서 가장 불규칙한 노동일 것이다. 마감과 스텝들의 일정, 인터뷰이의 스케줄에 뒤엉켜 살다 보면 어느새 주말과 야간 근무를 당연하게 여기게 된다. 다음 달 지구가 망하는 한이 있더라도 책은 나와야 하니까. '주 52시간 근무' 제도가 시행되었을 때도 출판업에 종사하는 에디터는 예외 직군으로 분류되었다. 즉, 나라에서 '중노동권'을 보장하는 특별한 직업이다. 에디터로 일한 당시엔 이런 조건에 대해 깊게 생각하지 못했다. 나에게 주어진 한 달간의 미션을 수행하느라 경주마처럼 질주하기만 했다. 따지고 보면 당연한 이치다. 경주마는 결승선만 보고 달릴 뿐, 몇 킬로미터를 달려왔는지 헤아릴 수 없다. 그래도 딱히 불만은 없었다. 어쩔 수 없는 조건이라는 생각은 지금도 변함이 없다. 국내 매거진 산업의 현황을 체감하고, 잡지 제작 과정을 마주한 자에게 '주 52시간 근무' 같은 개선책은 먼 나라의 언어처럼 들렸다. 그리고 무엇보다 모든 악조건을 눈감을 만큼, 나는 에디터라는 직업을 참 좋아했다.

　　일요일이었다. 특별할 것도 없는 일정이었다. 인

터뷰를 마치고 회사에 들어가 밀린 일을 처리해 둘 계획이었다. 이 짐 저 짐을 든 채 택시에 오르자 60 남짓 되어 보이는 기사가 말을 붙였다. 스튜디오 앞에서 택시를 불러 지레 직업을 짐작한 듯했다.

"휴일인데 일했어요? 뭐 쇼핑몰 같은 거 하나?"

손님의 직업이 왜 궁금한지 알 수 없었지만, 무슨 마음인지는 대강 이해가 갔다. 6살과 60대. 인생에서 가장 호기심이 많을 나이 아닌가. 둘의 차이점이 있다면 두 가지. 60대의 말이 조금 더 짧다. 그리고 좀 더 집요하다. 택시 기사는 아니라고 부정하는 대답을 듣자마자 그럼 무슨 일을 하냐며 재차 물었다. 잡지 에디터라고 하는 순간 그건 대체 뭐냐며 또 다른 질문 공세가 시작될 것 같았다. 피곤한 상황을 회피하려고 카탈로그 제작업을 한다고 대충 얼버무렸다. 오늘은 촬영 날이었고, 그래서 보따리장수처럼 이렇게 짐이 많다는 부언의 함축이었다.

"그 직업은 일요일도 못 챙겨 먹나 봐. 대학 어디 나왔는데?"

나는 일요일 근무와 대학의 상관관계에 관해 짧게 생각해보다가 '아버지 뭐하시노'가 아닌 게 어딘가 싶어 실소를 터뜨리며 답했다.

"충북대 나왔는데요."

기사는 룸미러로 나를 힐끗 쳐다보더니 '아이고'라며 탄식에 찬 한 문장을 내뱉었다. 그리곤 충주에 있는 학교가 아니냐면서 지방대라는 사실을 확인 사살했다. 보통 피곤한 양반이 아니었다. "네네"라는 짧은 대답으로 형식적인 반응을 했다. 언젠가는 충북대가 충주가 아닌 청주에 있다는 사실을 아저씨가 알게 되길 내심 바라면서. 나는 택시 안에서 6살과 60대의 공통점을 하나 더 깨달았다. 대체로 일방적이다. 연륜 덕분인지 60대는 더 저돌적이다. 택시 기사는 이후 궁금하지도 않은 사연을 기다렸다는 듯 쏟아냈다. 어느 시절에 경영대 대신 상대라는 용어를 사용했는지 몰라도, 서울대 상대를 나와 대기업에서 임원으로 오랫동안 재직한 후 퇴직을 했다고 말했다. 결론은 집에만 있기가 무료해 소일거리 삼아 택시를 몰고 있다는 이야기였다. 그가 장황한 이야기를 꺼낸 의도는 결국 서울대와 대기업, 두 가지 키워드 때문인 것 같았다. 이상한 일이었다. 퇴직금으로 7억을 받았다는 훌륭한 어르신 역시 지금은 나처럼 일요일을 챙겨 먹지 못하고 있었다.

아저씨의 바람과는 다르게 나는 이력 중에서 '대학 졸업'을 가장 자랑스럽게 여긴다. 나이가 찬 후 어렵게 입학해 더 애틋한 이유도 있지만, 꽤 성실하게 학교에 다니며 과거보다 더 나은 사람이 되어갔다. 지독하게 똑똑한 학생도 많이 만났고, 선생님들은 모두 열성적인 교육자였다. 삶에서 가장 행복했던 시절 역시 모교에서의 4년이었다. 미리 알고 발 들인 것은 아니었지만, 졸업 후 일을 시작한 잡지 업계는 다행히 학벌에 따른 선입견이 별로 없는 곳이었다. 적어도 대학 간판이 출세와 몰락의

단서 조항이 되지 않았다. 직장에서도 겪어보지 못한 학벌 평가질을 자동차라는 코딱지만 한 우주 안에서 처음 접했다. 약 3년 후, 나는 또다시 그날 처음 본 사람에게서 어느 대학을 나왔는지 질문을 당했다. 이번에도 남의 차 안에서 일이 벌어졌다.

대리를 부른 손님은 인사를 건네는 나의 얼굴을 뚫어지게 살폈다. 차에 올라 무슨 말을 할지 레퍼토리를 미리 구상하는 듯했다. 성격마저 급한 분인지 시동을 걸기도 전에 오지랖을 펼치기 시작했다.

"허허. 우리 아들뻘이네"

자식 이야기를 꺼내는 손님은 대개 걱정거리를 늘어놓는다. 대학을 졸업했는데 취직이 안 된다는 타령, 혼기가 한참을 지났는데 결혼을 못 하고 있다는 넋두리, 기껏 길러 놨더니 방구석에서 스포츠 토토만 하고 있다는 푸념. 하지만 환갑 즈음의 남자는 무슨 의도인지 대뜸 얼마 뒤면 헤어질 대리 기사의 학력을 물었다.

"대학은 나왔나?"

　　대학 진학률이 80퍼센트를 넘나드는 나라에서 고등 교육 수료 여부를 따지고 있다니. 그는 은근히 배우지 못해 대리운전으로 생계를 유지하는 젊은이의 불행 포르노를 보고 싶었는지도 모른다. 또 피곤한 손님을 만났다는 생각에 고졸이라고 말해버리려다가 그의 관음증을 해소해줄 희생양이 되기 싫어 충북대 졸업생이라고 사실대로 말했다. 남자는 "거기도 그래도 국립이지?"라며 비스듬하게 비아냥거렸다. 그리곤 비록 고졸이 아니더라도 여전히 압살한 상대로 손색이 없다고 생각했는지 본 게임을 시작했다. 내 또래라는 자식의 위인전기 같은 이야기가 거창하게 막을 올렸다.

　　그의 아들은 '서울의 국립대학교'를 나와 미국으로 건너가 석사 학위를 취득했다고 한다. 어렸을 때부터 영특해 의사를 시키려고 했으나 기어코 로스쿨을 가더니 얼마 전 이름만 들어도 알 만한 대형 로펌에 합격했다는 가슴 벅찬 영웅 스토리였다. 오늘은 아들의 성공을 자축하는 의미에서 동창들을 모아 식사 자리를 마련했다는 정보까지 친절하게 일러주었다. 나는 서비스 차원에서 "축하드릴 일이네요"라는 말만 한두 번 해주었다. 남의 자식이 변호사가 된 것과 나의 하루 사업은 하등 관계가 없었으니까. 팁이라는 콩고물이라도 받아먹을 심상으로 격한 호응을 해줄지 고민도 해봤으나 그의 재산이라곤 변호사 아들밖에 없는 것 같아 일찌감치 포기했다. 잘난 아들을 뒀다는 그에 관해 아는 바는 없었다. 그래도 나보다 건강하다는 사실은 확실했다. 한 가지 주제를 막힘없이 말하기도 쉽지 않은데, 대답도 없는 대리 기사의 뒤통수에 대고 '아들 자랑가'를 30분에 걸쳐 완창할 체력이니까.

집에 도착할 무렵, 주택가로 들어서는 골목 초입에서 그는 웬일인지 이야기를 멈추더니 잠시 정차했다가 가자고 했다. 소변이 급한 줄 알고 차를 멈춰 세웠다. 하지만 남자는 복권방으로 뛰어 들어가더니 로또 몇 장을 사 들고 돌아왔다. 그는 나에게 자동으로 뽑은 5천원짜리 복권을 한 장 건네며 말했다.

"팁이야 팁. 금요일이라 로또 사다가 임자 것도 하나 했어. 내가 준 거 사진으로 다 찍어 놨거든? 1등 되면 반갈이야. 우리 아들 변호사인거 알지?"

다음날, 토요일 근무를 마치고 집으로 돌아가는 버스가 광화문 일대를 지났다. 창밖으로 유명한 대형 로펌 건물이 보였다. 문득 어제 만난 아저씨가 떠올랐다. 지갑에 넣어뒀던 복권을 주섬주섬 꺼내 번호를 맞춰 봤다. 불행인지 다행인지 그의 변호사 아들을 만날 일은 없을 듯했다. 나는 버스에서 내려 폐지 쪼가리가 되어버린 복권을 쓰레기통에 처넣고는 한동안 만나지 못한 대학 친구들에게 전화를 걸었다. 한겨울 냉기가 코끝은 때렸지만, 이상하게 춥지 않은 밤이었다.

CHAPTER 17

전기차 너마저

기아 니로 EV

"디젤 사야 되냐, 가솔린 사야 되냐?"

수도 없이 들었던 이야기다. 그럴 때마다 명색이 기자라는 사명감으로 무장한 채 진지한 자세로 접근했다. 장거리 주행이 얼마나 잦은지, 소음과 진동에 민감한 편인지, 운전 패턴은 어떤지 물어가며 신차 컨설턴트처럼 상담해주곤 했다. 개인적으론 경유차에 그다지 끌리지 않았다. 그래도 디젤차 특유의 묵직한 주행감과 연비는 분명한 미덕이었다. 운전자와 상성만 맞을 것 같으면 적극적으로 권장했다. 그러나 갑작스럽게 터진 유럽발 디젤 게이트는 생각보다 큰 문제를 일으켰다. 더는 디젤차를 추천하기 어려웠다. 국가와 소비자를 속였다는 도의적 문제도 비난받았지만, 때마침 시대적 담론으로 자리 잡던 환경 문제와 정면으로 충돌했다. 세상에 '클린 디젤'은 없다는 의심은 사실로 입증됐다. 여러 나라에서 디젤차에 대한 규제안을 발표했다. 각 제조사는 앞다퉈 새로운 브랜딩 전략을 수립했다. 대전제는 디젤의 신속한 퇴출. 이후 디젤이 좋을지 가솔린이 좋을지 질문을 받을 때마다 파악하려는 조건이 한가지 늘었다.

"오래 탈 거야?"

우리는 자본주의에 갇혀 산다. 이 경제 구조에서 소비하지 않는 삶은 죄악이며, 그 끝은 당연히 설정되어 있지 않다. 자동차 산업은 자본주의의 신들린 바람잡이다. 좋든 싫든 우리는 이미 자동차에 중독되어 있다. 시대 정신에 굴복했는지, 자신들이 주도하던 자본주의 체제의 허점을 파악한 것인지는 모르겠지만, 자동차 산업은 디젤의 공석을 메울 대체재를 이내 찾아냈다. 전기차의 상품성을 계산해가며 서로 눈치만 보던 브랜드들이 너나없이 뛰어들었다. 아직 마땅한 제조 기반을 갖추지 못한 브랜드도 "우리의 궁극적인 목표는 지속 가능성과 환경"이라며 개발에 착수하기도 전부터 밑밥을 깔아댔다. 무해한 모빌리티 시스템의 출범을 예고하는 그들의 캠페인이 언젠가부터 프로파간다처럼 흘러나왔다.

그런데도 전기차의 보급은 쉽지 않을 것 같았다.

내연기관 자동차를 대체하리라는 예측엔 전적으로 동의했으나 상당히 오랜 시간이 필요할 듯했다. 충전 인프라는 사실 심각한 문제는 아니다. 대한민국처럼 무언가를 짓고, 세우는데 재빠른 나라도 없으니까. 오히려 익숙한 내연기관 자동차와는 전혀 다른 주행감을 대중이 어떻게 받아들일지 감이 오지 않았다. 물론 나는 틀렸다. 전기차는 예상보다 훨씬 빠르게 보급됐다. 대리 기사로 일하며 심심치 않게 전기차 운전대를 잡을 정도로 급변한 소비 경향이 체감됐다. 기자 노릇을 그만두고 나서야 기자가 기본적으로 함양해야 할 자세를 배운 셈이다. 오만과 편견을 내려놓고 흐름을 들여다보는 태도 말이다.

전기차를 소유한 손님은 대부분 부지런하고 예민한 성격이라고 확신한다. 3분이면 기름을 뚝딱 채우는 내연기관차와 달리 전력을 보충하려면 긴 시간을 할애해야 한다. 충전소를 찾아다니는 번거로운 과정을 일상 속으로 끼워 넣어야 한다. 잔여 전력이 얼마나 되는지, 앞으로 몇 킬로미터를 갈 수 있을지, 언제 충전을 해야 할지 수시로 가늠해야 한다. 실제로 만난 손님 다수가 그런 사람들이었다. 술은 마셨으나 취하지 않았고, 자동차 내부는 잡동사니 하나 없이 간소했다. 대리 기사를 대하는 태도도 공통점이 있었다. 예의를 갖춰 조곤조곤 말하지만, 대화의 정량을 지키는 사람. 질척거리며 사담을 늘어놓는 기사에겐 질색팔색할 것 같은 인상. 하지만 세상엔 언제나 예외가 존재한다. 발바닥까지 익어버릴 듯한 여름, 나는 희박한 확률을 뚫고 예외에 해당하는 남자를 만났다.

손님은 보통 급한 성격이 아니었다. 10분 후면 대리 기사를 만날 예정이었는데도 전화만 세 번을 했다. 애써 긍정적으로 생각했다. 예고편만 화려한 영화처럼 이런 고객은 대개 출발 전까지만 요란스럽다. 막상 만나고 나면 기세가 꺾여 내비게이션을 설정하기도 전에 잠이 들어버린다. 그는 왜 이렇게 늦게 오냐고 얼마간 비아냥대더니 역시나 바로 골아 떨어졌다. 계기판이 눈에 들어온 것은 대로변으로 차를 몰고 나가 신호에 걸렸을 때였다. 나도 모르게 입에서 한 마디가 튀어나왔다.

"좆됐다."

전기차의 배터리 잔량이 고작 7퍼센트였다. 이미 경고등이 표시된 상태였다. 도로변에 다급히 차를 세워 손님을 불렀다. 이대로라면 목적지에 도착할 수 없다며 콜을 취소해 달라고 부탁했다. 남자는 실제 주행 가능 거리보다 적게 표시하도록 설정되어 있고, 비슷한 상황에서도 한 번도 멈춰 선 적이 없다면서 짜증을 냈다. 모든 걸 자신이 책임지겠으니 기사 양반은 조용히 다시 운전이나 하시라는 이야기였다. 혹시나 하는 마음에 그의 육성을 녹음해두고 출발하는 수밖에 없었다. 대리운전 업체에 불만이라도 접수하면 피곤한 소명 과정을 밟아야 할 게 뻔했다.

내비게이션은 강변북로로 진입하라고 안내했다. 내가 위기의 전기차를 몰고 있다는 사실을 내비게이션이 알 리 없었지만, 아무리 생각해도 미친 경로였다. 자동차가 멈춰 서는 최악의 상황을 가정해봤다. 시속 80킬로미터로 달리는 자동차들 사이에서 성미 급한 남자와

둘이 덩그러니 남는다. 에어컨도 켜지지 않고, 아스팔트는 여전히 지글지글 타오른다. 지옥도가 그려졌다. 고속화 도로를 피해야 할 이유는 한 가지 더 있었다. 전기차는 회생 제동 시스템을 갖추고 있다. 브레이크를 밟으면 운동 에너지를 전기 에너지로 재변환해가며 달리는 중에도 배터리를 알뜰하게 충전한다. 제동할 일이 별로 없는 강변북로로 들어갔다간 이마저도 기대할 수 없다.

나는 황급히 냉방을 끄고 내부 조명도 모두 차단해버렸다. 스마트폰의 내비게이션을 다시 만져 최대한 신호가 많고 교통량이 많은 경로로 재설정했다. "일단 가보긴 하겠습니다"라며 책임 회피성 메시지를 건네고는 숨을 크게 들이쉬었다. 손님이 깊은 잠에 빠져 있어서 그나마 다행이었다. 제동을 반복하느라 차가 앞뒤로 흔들렸다. 취한 상태로 깨어있었다면 어지러움을 느껴 자칫하면 큰일을 치를지도 모를 정도였다. 자동차는 어렵사리 용산을 넘어 공덕동을 지나고 있었다. 서울이 원래 이렇게 컸던가. 입술이 타들어갔다. 배터리를 충전하라는 야단스러운 경고가 평정심을 뒤흔들었다. 목적지까진 겨우 5킬로미터 남짓 남았지만, 망원동은 닿을 듯 닿을 듯 닿지 않았다.

　　말복 더위에 이마부터 흐른 땀이 마른 입술까지 내려왔다. 짙은 짠맛이 느껴졌다. 노폐물이 선사하는 함미를 느끼고서야 정신이 돌아왔는지 단박에 맥이 풀렸다. 뭐 때문에 이렇게 열심히 하고 있는지 나도 알 수 없었다. 힘이 빠진 건 나뿐만이 아니었다. 자동차 역시 헐떡거리며 지쳐갔다. 기계에도 생명이 있다면, 분명 임종 직전의 순간이었다. 더는 할 수 있는 게 없었다. 졌지만 잘 싸웠다고 자신을 칭찬해가며 조용히 도로 한 구석으로 방향을 틀었다. 결국 전기차는 계기판에 주행이 불가하다는 메시지를 띄우며 스스로 사망 선고를 했다.

　　모든 걸 포기하자 편해졌다. 나는 침착하게 손님을 깨웠다. 상황 설명을 들은 그는 당황과 분노 중간쯤의 어정쩡한 표정을 지었다. 웬일인지 내게 싫은 소리를 하진 않았다. 그는 여기저기에 전화를 해보더니 차량을 통한 긴급 충전 서비스 대신 아예 차를 견인해 충전소로 향할 모양이었다. 나는 견인차가 올 때까진 함께 있어 주기로 했다. 대리 기사를 비난하지 않은 처사에 대한 의리인 동시에 손님이 음주 운전자로 오해받는 상황만큼은 방지하는 게 도리인 듯했다. 다행히 견인차는 10분 만에 도착했다. 근처 충전소까지 차를 실어다 준다고 했다. 손님에게 충전이 끝나면 꼭 대리 기사를 불러 귀가하라는 말로 작별 인사를 대신했다. 듣는 둥 마는 둥 하던 그는 견인차 동승석에 올랐다. 창문 너머로 보이는 그의 입은 뭐라고 중얼거리고 있었다. 들리진 않았지만, 욕인 것 같았다.

불과 5년 사이에 디젤 자동차의 판매량은 급격히 감소했다. 아예 디젤 엔진을 생산하지 않는 브랜드도 속속 등장했다. 이젠 아무도 디젤과 가솔린 중 뭐가 나은지 묻지 않는다. 질문은 전기차와 가솔린 중 무엇을 택해야 하는지로 바뀌었다. 나는 더이상 질문자의 라이프 스타일이나 취향 같은 건 따지지 않는다. 전기차 그 남자를 떠올리며, 딱 한 가지만 물어보고는 무당처럼 결론을 내던진다.

"너, 성격 급하냐?"

CHAPTER 18

귀신이 산다

메르세데스-벤츠 CLS

마감 무렵의 사무실엔 정적과 소음이 동시에 들이쳤다. 다른 부서의 자리는 모두 텅 빈 한밤중이지만, 에디터들은 지박령처럼 사무실에 앉아 글을 써 내려갔다. '14일 마감'을 지키지 못하면 단두대로의 행진에 참여하게 되리라는 서스펜스에 저항하는 방법은 저마다 달랐다. 후배들 사이에서 '과자맨'이라고 불리던 에디터는 온갖 군것질거리를 사놓고 바스락 거리는 소리를 냈다. 나중엔 지금 먹고 있는 과자가 바나나킥인지, 포테토칩인지 눈감고도 맞출 수 있었다. 아무 잡음이 없는데도 무언가를 먹고 있다면 그날은 홈런볼을 조지는 날이었다. 한 선배는 밤 8시 즈음이면 조용히 사라졌다가 돌아오곤 했다. 청량한 바깥바람이라도 쐬고 오나 싶었지만, 다시 자리에 앉는 그의 얼굴은 아무도 모르는 비밀을 들키기라도 한 듯 벌겋게 달아오른 상태였다. 처음 몇 달간은 술을 마시고 온 줄 알았다. 그러나 잠깐 눈을 붙이러 들어간 회의실에서 우연히 그를 만나고 나서야 짧은 실종의 이유를 알았다. 선배는 전화로 점을 보는 중이었다.

어느 집단에나 자주 길흉을 점치는 사람이 존재

한다. 그런데 잡지 에디터 커뮤니티는 모든 면에서 소수와 다수가 뒤집힌 사회다. 점 보지 않는 사람을 거의 보지 못했다. 별자리, 사주, 신점 등 카테고리도 세밀하게 분류되어 있었다. 최근 어떤 보살의 신기가 절정에 올랐는지에 관한 소식은 연예계 스캔들보다도 빠르게 공유되었다. 누군가 한 말이 떠올랐다. 업계가 돌아가는 사정에 가장 빠삭한 사람은 촬영 소품을 전달해주는 퀵 아저씨들이고, 두 번째는 점쟁이들일 거라고.

도사님들은 대체로 자동차에도 관심이 많은 것 같다. 손님들의 차에서 자주 점괘의 흔적을 느끼곤 한다. 컵홀더에 놓인 마늘이 결코 방향제는 아니었을 것이다. 룸미러에 걸린 명태 대가리가 간식거리일 리도 없었다. 시트 아래 부적이 붙어 있을지, 누군가의 손톱이 있을지도 모르겠다는 생각이 들긴 했지만, 안전 운전을 바라는 주술적 의미 그 이상도 이하도 아니라고 여기며 별다른 의미 부여를 하지 않았다. 간혹 그 물건에 관한 이야기가 나오면 손님들도 대수롭지 않게 말했다. 신년 사주에 따라 액운을 피하려는 방책이라거나 부모가 권해서 들여

놓았다는 답이 돌아왔다. 자동차를 판매한 딜러가 귀띔해줬다는 경우도 있었다. 그 덕분인지 아직 자동차 사고가 나지 않았다며 효험을 지지하는 말도 꼭 덧붙였다. 공통점은 그들 모두 사업 혹은 영업을 하는 사람들이었다.

　　서울 동부 어딘가에서 만난 손님은 깊은 새벽에 콜을 불렀다. 술에 취한 보통 손님과는 달리 옷 매무새가 하나도 흐트러지지 않았다. 자동차는 고가의 독일산 모델. 이런 경우 둘 중 하나다. 사무실 밀집 지역의 빌딩에서 내려온다면 편하게 귀가하고 싶은 사장님, 번화가 뒷골목의 상가 지하에서 올라온다면 업소에서 일하는 '선수'다. 건물에 붙은 간판으로 보아 그는 호스트바에서 일하는 남자일 확률이 높았다. 코로나로 인해 단축 영업을 하는 중이었는데도 암암리에 영업한 듯했다. 방역 수칙은 어기지만 음주 운전은 하지 않겠다는 개별적인 도덕 잣대가 신기했지만 내가 참견할 바는 아니다. 그가 무슨 일을 하는지도 중요하지 않다. 어느 호주머니에서 나왔든 한적한 시간에 공돈을 안겨주는 사람이라면 내겐 모두 사장님이었다.

호스트바도 성격이 여럿이다. 상대하는 연령층이 지역과 업소의 운영 방침에 따라 조금씩 다르다. 그는 나보다 두세 살 위 같았다. 20대가 주로 일하는 곳과 달리 오가는 돈의 규모가 좀 더 큰 바닥에서 논다는 뜻이었다. 나잇살이라곤 찾을 수 없는 몸, 잘 빗어 넘긴 머리와 매끈하게 정리된 눈썹을 보면 젊은 남자 트로트 가수가 연상되기도 했다. 자동차도 연식에 비해 잘 관리되어 있었다. 번쩍번쩍 빛나는 도장과 휠은 주기적으로 차량 관리 서비스를 받은 결과인 듯했다. 내부 역시 잘 정돈되어 있었다. 대시 보드엔 먼지 한 톨 없었다. 눈에 들어오는 것이라곤 꽃잎이 통째로 박힌 고가의 왁스 태블릿뿐이었다. 손님은 동료들과 짧은 대화를 나누고 차에 올랐다. '이 사람은 대체 얼마를 벌까'라고 생각하던 순간 그가 말을 꺼냈다.

"클락션 한번 울려 볼래요?"

나는 일행에게 출발한다는 신호라도 알리는 줄

알고 짧은 경적을 울렸다. 하지만 창밖의 일행을 거들떠 보지도 않은 채 다음 말을 이어 나갔다.

"상향등 세 번만 깜빡여주세요."

그때까지만 해도 자동차에 문제가 있거나 출발 전 기능을 점검해보는 절차라고 생각했다. 그러나 경계심과 호기심이 동시에 들기 시작한 건 다음 요청을 들었을 때부터였다. 그는 대뜸 시계를 차고 있냐고 물었다. 운전 중 쉽게 시간을 확인하려고 나는 반드시 시계를 차고 출근한다. 그날도 손목엔 시계가 감겨 있었다. 남자는 시계를 풀러 주머니에 넣어둘 수 있냐고 정중하게 부탁했다. 나는 일부러 큼직한 몸동작으로 시계를 주머니에 밀어 넣고는 룸미러를 통해 더 요구할 게 없냐는 표정으로 손님을 바라봤다. 그는 그제야 모든 절차가 끝났다는 듯 몸을 시트에 기대며 출발하자고 했다.

나쁜 의도를 갖고 시키는 행동 같진 않았다. 그저 강박증이 있는 사람이라고 가볍게 생각하고 넘어가고 싶었다. 그래도 시계를 풀어 두라는 부탁은 도무지 이해가 가지 않았다. 스마트폰을 보고 있는 손님은 그 이유에 대해 먼저 말해줄 생각이 조금도 없어 보였다. 물론 조잘조잘 떠드는 대리 기사가 얼마나 불편한지 잘 알고 있었다. 하지만 이대로 퇴근하면 괜히 뒤끝이 찝찝할 것 같아 살며시 물었다. 예상과 달리 그는 흔쾌히 설명해주기 시작했다.

"뭐, 기사님도 마찬가지겠지만 우리 같은 일 하는 사람들은 항상 조심해야 돼요. 일면식도 없는 사람을 하루에도 숱하게 만나잖아요? 무슨 기운이 어떻게 껴들어 올지 몰라요. 잡신 붙어서 하루아침에 신세 망치는 사람 주변에서 많이 봤어요 내가. 그리고 원래 노래 나오고 음습한 곳에 귀신 많이 꼬이거든요. 퇴근할 때마다 이렇게 털고 집에 들어가는 거지."

그는 분기마다 한 번씩 점을 본다고 했다. 루틴처럼 정착된 행동 역시 점쟁이의 조언 때문이었다. 시계를 감춰야 하는 까닭은 나름의 논리까지 갖추고 있었다. 끝까지 떨어지지 않은 귀신에게 귀가 시간을 들키지 않으려는 목적이라고 했다. 그의 말을 듣는 내내 표정을 관리하느라 애를 먹었다. 호스트바를 좋아하는 귀신은 손목시계는 볼 줄 알아도, 스마트폰의 디지털시계는 읽지 못하는 까막눈이 분명했다. 남자는 종착지에 도착해서도 부탁을 건넸다. 와이퍼를 작동시켜 세 번만 유리를 닦아달라는 요청이었다. 워셔액은 뿌리지 말라는 구체적인 레시피와 함께.

만원을 더 얹어준 손님을 뒤로하고 시계를 다시 차는 동안 에디터 시절 딱 한 번 받아 본 점괘가 갑자기 생각났다. 마감마다 사라지던 선배에게 추천받아 복채를 들고 재미 삼아 찾은 곳에서 일어난 일이었다. 점쟁이는 다짜고짜 젊은 내내 자리를 잡지 못하고 떠돌아다니리라고 말했다. 결혼은 어림도 없고, 돈도 모으지 못 할 것이라는 악담을 늘어놓았다. 팔자에 낀 '마'를 걷어내려면 천만원을 들여 굿을 하든지 5백만원을 들여 부적을 써야 한다는 솔루션까지 제시했다. 선무당에게 5만원을 뜯겼다며 선배에게 투덜거렸다. 기분이 나쁜 건, 그로부터 3년이 지났는데도 여전히 여기저기를 떠돌고, 아직 미혼이며, 벌어둔 돈도 없다는 사실이었다. 굿판이라도 한 번 벌릴 걸 그랬나. 자조 섞인 웃음이 실없이 흘러나왔다. 새벽 4시가 되어가는 시간, 결례를 무릅쓰고 선배에게 짧은 메시지를 남겼다.

"요즘은 어디가 괜찮아요?"

오늘 밤 남의 차를 몹니다

초판 1쇄 발행 2022년 6월 22일

지은이 이재현
펴낸이 박현민
디자인 Studio KIO

펴낸곳 우주북스
등록 2019년 1월 25일 제2020-000093호
주소 (04735) 서울시 성동구 독서당로 228, 2층
전화 02-6085-2020
팩스 0505-115-0083
이메일 gato@woozoobooks.com
인스타그램 /woozoobooks
홈페이지 woozoobooks.com

ISBN 979-11-976863-9-9 (03810)
ⓒ이재현